Les désastreuses aventures des orphelins Baudelaire

Ouragan sur le lac

de **Lemony SNICKET**
Illustrations de **Brett HELQUIST**
Traduction de **Rose-Marie VASSALLO**

NATHAN

Pour toi, Beatrice – et j'aimerais tant
te savoir en vie et en pleine forme !

Chapitre I

Ales voir tous les trois assis sur leurs valises, nez au vent, au bout du quai de Port-Damoclès, on aurait cru les enfants Baudelaire au seuil d'une palpitante aventure. Après tout, les trois orphelins débarquaient juste du *Tournevire*, le ferry reliant les deux rives du lac Chaudelarmes, et s'apprêtaient à habiter là, chez leur tante Agrippine. D'ordinaire, ce genre de commencement annonce d'excellents moments, palpitants, inoubliables.

On l'aurait cru. On se serait trompé. Car si Violette, Klaus et Prunille étaient bien sur le point de vivre des moments palpitants, aucun de ces moments n'allait être excellent comme pourraient l'être, par exemple, un rodéo ou un tour de grande roue. Inoubliables, oh ! ils le seraient. Comme la rencontre d'un loup-garou dans un roncier par une nuit sans lune. J'en suis navré, mais si vous cherchez une histoire où on s'amuse follement, vous n'avez pas choisi le bon livre. Car, pour s'amuser follement, les enfants Baudelaire manquaient d'occasions, tant la malchance s'acharnait sur eux. C'est bien simple : leurs aventures sont si désolantes qu'il m'en coûte de les raconter.

Bref, si vous tenez à garder votre mouchoir sec, remettez ce livre où vous l'avez pris. Et attention ! c'est votre dernière chance : les malheurs des enfants Baudelaire démarrent dès le paragraphe suivant.

— Regardez ce que j'ai pour vous, annonça Mr Poe, radieux, tendant un sachet à Violette. Des pastilles de menthe !

Mr Poe, honorable banquier, gérait les affaires des enfants Baudelaire depuis le décès de leurs parents. Oh ! il était la bonté même, mais en ce bas monde il ne suffit pas d'être la bonté même, surtout pour veiller sur trois enfants. Mr Poe avait vu naître chacun des héritiers Baudelaire, et il n'avait jamais pu se mettre en tête qu'ils étaient allergiques à la menthe.

— Merci, Mr Poe, dit Violette, jetant un coup d'œil au sachet.

Comme toutes les filles de quatorze ans (ou presque), Violette avait de trop bonnes manières pour informer Mr Poe qu'un seul de ces bonbons était pour elle la garantie d'une superbe crise d'urticaire – des rougeurs de la tête aux pieds, doublées d'une furieuse envie de se gratter pendant des heures et des heures.

En fait, Violette avait la tête ailleurs, trop pour prêter grande attention à Mr Poe et à ses pastilles. Elle était en pleine fièvre inventrice. Quiconque la connaissait un peu savait que lorsqu'elle nouait ses cheveux de la sorte, afin de bien se dégager les yeux, c'était le signe que son esprit fourmillait de leviers, de poulies, d'engrenages variés. À cette seconde, elle réfléchissait au moyen d'améliorer le *Tournevire* pour l'empêcher d'enfumer le ciel gris.

— Merci, Mr Poe, c'est gentil, dit Klaus, son cadet, avec un sourire poli.

Mais Klaus savait que si, par malheur, sa langue entrait en contact avec un seul de ces bonbons, elle enflerait si prodigieusement qu'il pourrait à peine émettre un son. Il retira ses lunettes, regrettant que Mr Poe n'eût pas acheté plutôt de quoi lire. Klaus était un lecteur insatiable. Dès sa première crise d'allergie, à l'âge de huit ans et demi, il avait dévoré tous les ouvrages d'allergologie dans la bibliothèque parentale. Quatre ans après, il pouvait encore réciter la formule chimique des substances qui lui faisaient enfler la langue.

— Chtroupi ! dit Prunille de sa petite voix aiguë.

La benjamine du trio Baudelaire n'était encore qu'une toute-petite, et, comme la plupart des tout-petits, elle s'exprimait dans un langage qui manquait parfois de clarté. Dans sa tête, *chtroupi* signifiait sans doute : « Je ne toucherai jamais à une pastille de menthe, j'ai bien trop peur d'y être allergique aussi. » Mais il est difficile d'en jurer ; peut-être voulait-elle dire : « Que j'aimerais croquer une pastille de menthe ! J'adore planter mes dents de castor dans tout et n'importe quoi ; et tant pis pour l'urticaire ! »

— Vous pourrez les manger dans le taxi qui va vous conduire chez Mrs Amberlu, reprit Mr Poe, toussant dans son mouchoir.

(Ce pauvre Mr Poe ne désenrhumait jamais, et les enfants avaient l'habitude de recevoir ses messages entre deux quintes de toux et trois éternuements.) Mrs Amberlu s'est excusée de ne pas venir vous accueillir sur le quai, mais elle dit qu'il lui fait peur.

— Elle dit que *quoi* lui fait peur ? Le quai ? s'étonna Klaus, parcourant du regard les pontons.

— Tout ce qui touche au lac Chaudelarmes lui fait peur, je crois, expliqua Mr Poe. Elle n'a pas dit pourquoi. Peut-être à cause du décès de son mari. Votre tante Agrippine, voyez-vous – qui n'est pas votre tante, je vous l'ai dit, mais la belle-sœur de votre cousin issu de germain –, votre tante Agrippine a perdu son époux voilà un certain temps, par noyade ou dans un naufrage, je ne sais trop. Je n'ai pas jugé décent de m'informer des circonstances exactes de sa viduité. Bien, et maintenant il est grand temps de vous mettre dans ce taxi.

— Que veut dire ce mot ? demanda Violette.

Mr Poe leva les sourcils.

— Alors là, Violette, tu me surprends. Une fille de ton âge devrait savoir qu'un *taxi* est un véhicule qui emmène ses clients où ils le souhaitent, moyennant paiement. Reprenez vos bagages, voulez-vous, et allons sur ce trottoir.

Klaus se tourna vers sa sœur et lui chuchota à l'oreille :

— *Viduité* ? C'est juste un vieux mot chic et juridique pour dire « veuvage ».

— Merci, souffla Violette, et elle saisit sa valise d'une main et sa petite sœur de l'autre.

Pendant ce temps, Mr Poe agitait son mouchoir bien haut afin de héler un taxi. Moins de trente secondes plus tard, un chauffeur entassait les valises des enfants dans son coffre, tandis que Mr Poe entassait les enfants sur la banquette arrière.

— Bien, dit-il. Je vais vous quitter là. Il est déjà fort tard, et je veux passer à la banque. Si je vous accompagnais chez votre tante Agrippine, autant dire que je n'aurais rien fait de la journée. Veuillez lui transmettre mes respects, et dites-lui que je la contacterai très régulièrement. (Il s'interrompit un instant, le temps de tousser dans son mouchoir.) Euh, votre tante est un peu inquiète à l'idée d'avoir trois enfants chez elle, mais je l'ai assurée que vous étiez tous trois fort bien élevés. Veillez à vous tenir correctement, je vous prie. Et, comme toujours, au moindre problème, vous pouvez me joindre à la banque – encore que je ne pense pas qu'il y ait le moindre problème, *cette fois-ci*.

En prononçant « cette fois-ci », Mr Poe regardait les enfants avec insistance, comme s'ils étaient pour quelque chose dans la fin tragique de leur oncle Monty. Violette, Klaus et Prunille ne savaient que répondre. Qui pouvait dire de quoi serait fait *cette fois-ci* ?

— Au revoir, Mr Poe, dit simplement Violette, enfonçant dans sa poche le sachet de pastilles de menthe.

— Au revoir, Mr Poe, dit Klaus, avec un dernier regard pour les quais.

— Froulup, dit Prunille, occupée à mâchonner sa ceinture de sécurité.

— Au revoir, les enfants, répondit Mr Poe. Et bonne chance ! Je penserai à vous souvent.

Il régla d'avance la note de taxi et agita le bras tandis que le véhicule, tournant le dos au port, s'engageait sur les pavés gris d'une rue en coupe-gorge. Il y avait là une épicerie avec des barils de citrons verts en devanture, à côté de cornichons au vinaigre. Il y avait une boutique de prêt-à-porter, *Comme un gant*, en travaux de rénovation. Il y avait un restaurant triste à mourir, à l'enseigne du *Clown Anxieux*, avec des néons clignotants et des ballons roses et verts en vitrine. Il y avait surtout, surtout, une ribambelle de boutiques fermées, barricadées derrière leur rideau de fer.

Klaus poussa un soupir.

— Pas l'air d'y avoir grand-monde, par ici. Moi qui espérais qu'on se ferait des amis...

— Normal, dit le chauffeur de taxi. (C'était un vrai sac d'os qui parlait à son rétroviseur, une momie de mégot au coin de la bouche.) C'est la morte-saison qui commence. Mais attendez un peu que les touristes reviennent ! En saison, ici, c'est noir de monde. Plus moyen de circuler. En ce moment, d'accord, c'est mort – aussi mort que le vieux rat que j'ai écrasé ce matin sur le port. Pour vous faire des amis, faudra attendre le beau temps... Et en parlant de beau temps, on annonce un ouragan pour bientôt. Herman, qu'ils l'ont baptisé, çui-là. Ferez bien de vérifier que vous avez vos placards pleins, chez vous, là-haut.

— Un ouragan ? s'étonna Klaus. Sur un lac ?
Je croyais que les ouragans ne se formaient que
sur les océans.

— Ah ! dit le chauffeur, allez savoir d'où il
vient, leur Herman. En plus, m'est avis, sur un plan
d'eau de la taille de ce lac, n'importe quoi peut
se former. Mais si j'étais vous, pour être franc,
j'aimerais pas trop crécher là-haut comme ça.
En cas de tempête... J'aime mieux pas y penser.

Les trois enfants collèrent le nez à la portière
et virent ce que le chauffeur entendait par « là-
haut comme ça ». Au sortir d'un dernier virage,
le taxi débouchait sur un piton en surplomb,
terriblement haut perché. De là, on avait une
vue plongeante sur la bourgade en contrebas,
avec sa rue pavée qui sinuait comme une queue
de rat entre les bâtisses, et le petit rectangle du
port où s'affairaient des dockers pas plus gros
que des pucerons. Au-delà s'étalait le lac
Chaudelarmes, sombre, immense et biscornu,
pareil à de l'encre renversée, pareil à l'ombre
d'un géant planté derrière les enfants. Durant
de longues secondes, ils contemplèrent le lac en
silence, hypnotisés par cette grande flaque dans
le paysage.

— Quel lac mastoc ! dit enfin Klaus. Et il a l'air profond, aussi. Pour un peu, je comprendrais que tante Agrippine en ait peur.

— La dame qui habite ici ? s'enquit le chauffeur de taxi. Elle a peur du lac ?

— À ce qu'on nous a dit, répondit Violette.

Le chauffeur coupa son moteur et serra le frein à main, hochant la tête.

— En ce cas, je me demande bien comment elle fait.

— Comment elle fait quoi ? demanda Violette.

— Pour vivre dans un endroit pareil. Mais... vous voulez dire que vous n'avez jamais mis les pieds ici ?

— Non, répondit Klaus. Jamais. Et nous n'avons encore jamais vu notre tante Agrippine.

— Ben vrai, si votre tante Agrippine a peur de l'eau, j'ai peine à croire qu'elle habite cette maison.

— Comment ça ? demanda Klaus.

— Regardez mieux, répondit le chauffeur en descendant de voiture.

Les enfants regardèrent mieux. Il n'y avait là, à première vue, qu'une petite cabane en bois gris, sorte de cube à peine plus grand que le taxi, avec une porte blanche écaillée. Mais lorsque les enfants descendirent à leur tour et qu'ils firent quelques pas en avant, ils découvrirent que le cube n'était qu'une infime partie de la maison bâtie là, sur son piton. Le restant de la construction – un amoncellement de cubes agglutinés comme des glaçons – s'avançait par-dessus l'abrupt, arrimé au piton par de longs pilotis métalliques pareils à des pattes d'araignée. À mieux y regarder – ce que les enfants firent en allongeant le cou –, la bâtisse entière semblait se cramponner à la roche, agrippée de toutes ses forces de peur de plonger dans le vide.

Le chauffeur de taxi sortit les valises du coffre, les aligna sur le seuil, devant la porte écaillée, puis, sur un petit *tut* d'adieu, il repartit vers le bas de la rue. Alors, avec un grincement doux, la porte écaillée s'ouvrit sur une dame très pâle à chignon gris, chignon minuscule haut perché sur son crâne.

— Bonjour, dit la dame avec un sourire filiforme. Je suis votre tante Agrippine.

— Bonjour, dit Violette.

Et elle fit un pas en avant, un petit pas prudent, main tendue vers leur nouvelle tutrice.

Derrière elle, Klaus fit un petit pas, et Prunille, à quatre pattes, fit un petit pas aussi. Ils n'osaient trop s'avancer : et si la maison, sous leur poids, basculait de son perchoir ?

Le chauffeur de taxi n'avait pas tort. Comment pouvait-on à la fois redouter le lac Chaudelarmes et vivre dans une maison qui semblait prête, d'une seconde à l'autre, à y plonger tête la première ?

Chapitre II

et ici, vous avez la chaudière, indiqua tante Agrippine, désignant d'un long doigt blanc un antique appareil de chauffage. Je vous en prie, n'y touchez jamais. Il vous arrivera sans doute de trouver cette maison froide. Je n'allume jamais cette chaudière, j'ai trop peur qu'elle explose. Si bien qu'il fait souvent un peu frisquet, ici, en soirée.

Violette et Klaus échangèrent un regard bref, sous le regard aigu de Prunille. Tante Agrippine leur offrait une visite guidée de leur nouveau logis et, à ce stade, il était clair qu'elle se méfiait d'à peu près tout ce qui s'y trouvait, depuis le paillasson (sur lequel on pouvait trébucher, au risque de se tordre le cou) au canapé du séjour (qui pouvait s'écrouler à tout moment et transformer en galette quiconque s'y serait assis).

— Et ici, vous avez le téléphone, poursuivit tante Agrippine. À n'utiliser qu'en cas d'urgence absolue ; à cause du risque d'électrocution, vous comprenez.

— Ah ? dit Klaus. Pourtant, j'ai lu pas mal de choses concernant ce genre de risques. Je dirais que le téléphone est sans danger, sauf bien sûr en cas d'orage.

Les mains de tante Agrippine s'envolèrent vers son chignon comme si quelque chose venait de lui sauter sur la tête.

— Oh ! fit-elle. Il ne faut pas croire tout ce qu'on lit !

— Un téléphone, insista Violette, j'en ai construit un de toutes pièces. Si vous voulez, je pourrai démonter celui-ci et vous montrer comment il marche. Ça vous rassurera, je crois.

— Je n'en crois rien, dit tante Agrippine, la mine sombre.

— Delmo ! proposa Prunille, ce qui signifiait

sans doute : « Moi, ce téléphone, si vous voulez, je peux le mordre un bon coup pour vous prouver qu'il n'est pas méchant. »

— Delmo ? répéta tante Agrippine, ramassant un petit fil de laine sur une fleur du tapis fané. Qu'est-ce que tu veux dire par *delmo* ? Je me flatte d'avoir un vocabulaire très riche et pourtant je n'ai encore jamais rencontré ce mot. (Elle se tourna vers les aînés.) Parlerait-elle une autre langue ?

— Prunille ne parle pas encore très bien, il faut l'excuser, dit Klaus en prenant sa petite sœur dans ses bras. Pas couramment, en tout cas. Sauf en langage bébé, bien sûr.

— Grugni ! protesta Prunille, ce qui signifiait clairement : « Redis-le, pour voir, que je parle bébé ! »

— En ce cas, conclut tante Agrippine un peu raide, il va falloir que je lui apprenne à parler correctement. D'ailleurs, quelque chose me dit qu'un brin de grammaire vous fera le plus grand bien à tous trois. La grammaire est l'une des joies de l'existence, ne croyez-vous pas ? La grammaire et sa sœur l'orthographe.

Les enfants s'entre-regardèrent. Parmi les

joies de l'existence, Violette aurait plutôt cité le plaisir d'inventer des objets, Klaus les délices de la lecture et Prunille, la volupté de mordre à belles dents (peu importait dans quoi). Leur opinion sur la grammaire – toutes ces règles sur l'art d'écrire et de parler correctement – était en gros la même que sur le pain à la banane : pas mal, mais pas de quoi faire un plat.

D'un autre côté, il semblait impoli de contredire tante Agrippine.

— Oui, dit Violette. Nous avons toujours adoré la grammaire et l'orthographe.

Tante Agrippine approuva d'un début de sourire.

— Bien. Maintenant je vais vous montrer votre chambre, et nous achèverons la visite après dîner. Pour ouvrir cette porte, poussez ici, sur le battant. Ne vous servez jamais de la poignée ; j'ai toujours peur qu'elle vole en éclats, et un éclat dans l'œil, c'est si vite arrivé.

Les enfants commençaient à se demander s'ils seraient autorisés à toucher un seul objet de cette maison, mais ils sourirent bravement à leur tante Agrippine. Violette poussa le battant comme indiqué et la porte s'ouvrit sur une pièce aux murs tout blancs, vaste et lumineuse, avec un tapis bleu au sol. Trois lits s'alignaient là, deux grands et un petit, chacun garni d'un jeté bleu et muni d'un coffre à son pied. À l'autre bout de la pièce se dressait une vaste armoire-penderie, juste à côté d'une petite fenêtre et d'une pyramide de boîtes de conserve dont on se demandait bien ce qu'elles faisaient là.

— Je suis désolée d'être obligée de vous mettre tous trois dans la même chambre, dit tante Agrippine, mais cette maison n'est pas très grande. J'ai essayé de fournir à chacun ce dont il aura besoin, j'espère que vous y serez à l'aise.

— Je suis certaine que oui, assura Violette, posant sa valise. Merci beaucoup, tante Agrippine.

— Euh, hésita tante Agrippine. Dans chacun des coffres, il y a un cadeau.

Des cadeaux ? Les enfants Baudelaire n'avaient pas reçu de cadeaux depuis très, très longtemps. Tante Agrippine, tout sourires, s'approcha du premier coffre et l'ouvrit.

— Pour Violette, annonça-t-elle, une jolie poupée toute neuve, avec sa garde-robe. (Elle plongea le bras dans le coffre et en sortit une poupée à la bouche en cœur et aux grands yeux ronds.) Adorable, n'est-ce pas ? Elle s'appelle Penny Jolie.

— Oh ! merci, murmura Violette – bien trop grande pour aimer encore les poupées, qu'elle n'avait jamais tellement aimées, de toute manière.

Avec un sourire forcé, elle prit Penny Jolie et tapota la petite tête blonde.

— Et pour Klaus, dit tante Agrippine, un train miniature. (Elle ouvrit le second coffre et en sortit un wagon minuscule.) Tu pourras monter les rails ici, dans cet angle de la pièce.

— Génial, murmura Klaus avec un enthousiasme suspect.

Klaus n'avait jamais beaucoup aimé les trains miniatures : le montage était tout un cirque et, après ça, on se retrouvait avec un truc idiot qui tournait en rond indéfiniment.

— Et pour la petite Prunille, enchaîna tante Agrippine, ouvrant le plus petit coffre au pied du plus petit lit, un hochet ! Écoute, Prunille. Tu entends le joli bruit qu'il fait ?

Prunille sourit à tante Agrippine de ses quatre dents de castor, mais ses aînés savaient bien qu'elle avait horreur des hochets, et plus encore des bruits horripilants qu'ils faisaient à la moindre secousse. Prunille avait reçu un hochet, bébé. C'était la seule chose qu'elle n'avait pas regretté de perdre dans le terrible incendie qui avait anéanti la maison Baudelaire.

— Que c'est gentil à vous de nous offrir tout ça, dit Violette. Merci mille fois.

Elle était trop bien élevée pour préciser qu'aucun de ces cadeaux ne les emballait particulièrement.

— Ma foi, je suis heureuse de vous avoir ici, mes bons petits, dit tante Agrippine. J'aime tant la grammaire et l'orthographe ! Ce sera une joie pour moi de partager ces belles disciplines avec trois gentils enfants comme vous. Bien, je vous abandonne quelques minutes, le temps de vous installer, et ensuite nous pourrons dîner. À tout de suite.

— Tante Agrippine, s'informa Klaus, ces boîtes de conserve, c'est pour quoi faire ?

Tante Agrippine retapa son chignon.

— Ces boîtes vides ? C'est contre les cambrioleurs, bien sûr ! Vous avez assurément autant peur des voleurs que moi ? Aussi, chaque soir, vous n'oublierez pas de placer ces boîtes devant la porte. Si des cambrioleurs entrent ici, ils se prendront les pieds dedans et le tintamarre vous réveillera.

Violette n'aimait pas trop l'idée.

— Mais qu'est-ce qu'on fera, à ce moment-là, face à des cambrioleurs furieux ? Tant qu'à être cambriolée, j'aimerais autant dormir tout du long.

Tante Agrippine ouvrit de grands yeux effarés.

— Des cambrioleurs *furieux* ? Mais de quoi parles-tu, ma fille ? Tu veux donc nous effrayer ?

— Bien sûr que non, bredouilla Violette, se retenant de faire observer que c'était tante Agrippine la première qui avait parlé de cambrioleurs. Je vous demande pardon. Je ne voulais pas vous faire peur.

— Parfait. N'en parlons plus, conclut tante Agrippine avec un regard de biais vers les boîtes, à croire qu'un cambrioleur trébuchait dessus à l'instant même. Je vous attends à table d'ici quelques minutes.

Elle referma la porte et les enfants la laissèrent s'éloigner avant de reprendre la parole.

— Tiens, Prunille, dit Violette en tendant la

poupée à sa cadette, tu peux prendre Penny Jolie. Le plastique m'a l'air dur à souhait, idéal pour te faire les dents.

— Tiens, Violette, dit Klaus en tendant le train miniature à son aînée. Tu peux prendre ce truc-machin. Tu trouveras peut-être le moyen de le démonter pour inventer quelque chose.

— Mais toi ? dit Violette. Tu te retrouves avec le hochet, c'est un peu injuste.

— Chloupa ! dit Prunille, ce qui signifiait, en gros : « Parce que vous en voyez, vous, de la justice dans nos vies ? »

Ses aînés se turent. Prunille avait raison. Quoi de plus injuste que d'avoir perdu, du jour au lendemain, vos deux parents dans un incendie ? Quoi de plus injuste que d'être poursuivi, toujours et partout, par un odieux comte Olaf qui ne s'intéresse qu'à vos sous ? Quoi de plus injuste que d'être accablé des pires coups du sort, comme si vous étiez à bord de quelque sinistre autobus ne s'arrêtant qu'aux stations Poisse, Guigne et Déveine ? Et quoi de plus injuste, bien sûr, que de se retrouver avec un hochet pour toute distraction dans une maison inconnue ?

Violette étouffa un soupir.

— Le plus bête, dit-elle d'une petite voix triste, c'est que tante Agrippine s'est donné un mal fou pour aménager cette chambre et nous faire plaisir. Elle a bon cœur, je crois. Nous n'avons pas le droit de nous plaindre.

— C'est vrai, dit Klaus en secouant vaguement son hochet. Nous n'avons pas le droit de nous plaindre.

— Touif, dit Prunille, ce qui signifiait sans doute : « Vous avez raison tous deux. Nous n'avons pas le droit de nous plaindre. »

Klaus gagna la fenêtre et regarda le jour déclinant. Sur l'encre bleu-noir du lac Chaudelarmes, un petit vent se levait, aigrelet. Même à travers la vitre, Klaus sentait son haleine froide.

— Sauf que j'ai quand même bien envie de me plaindre, conclut-il.

Au même instant monta la voix de tante Agrippine :

— Les enfants ! À la soupe !

Violette pressa l'épaule de son frère affectueusement et, sans un mot, les trois enfants gagnèrent la salle à manger. Tante Agrippine avait mis le couvert pour quatre, sans oublier un gros coussin afin de rehausser Prunille, ni une pyramide de boîtes de fer-blanc dans un angle, au cas où des cambrioleurs se seraient mis en tête de faire un hold-up sur le dîner.

— Le plus souvent, dit-elle aux enfants, on appelle « À la soupe ! » sans qu'il y ait de soupe au menu. C'est une autre façon de dire : « À table ! » Mais moi, voyez, j'ai bel et bien préparé de la soupe.

— Oh ! bonne idée, dit Violette. Rien ne vaut une bonne soupe chaude par une soirée frisquette.

— En fait, ce n'est pas une soupe chaude, précisa tante Agrippine. Je ne cuisine jamais rien de chaud : je n'ose pas allumer le fourneau, j'ai bien trop peur qu'il explose. Non, non, je nous ai préparé une bonne soupe de concombres glacée.

Les enfants camouflèrent leur déception. Comme vous le savez sans doute, la soupe de concombres glacée est un régal par temps de canicule. Pour ma part, je m'en suis délecté en Égypte, chez un ami charmeur de serpents. Bien préparée, la soupe de concombres glacée a une exquise saveur de coriandre, merveilleusement rafraîchissante, et elle apaise la faim comme la soif. Mais par temps froid, dans une pièce balayée de petits vents coulis, la soupe de concombres glacée est à peu près aussi bienvenue qu'un essaim de guêpes au milieu d'une noce.

Dans un silence funèbre, les enfants s'attablèrent et firent de leur mieux pour ingurgiter la mixture polaire. On n'entendait rien d'autre que les dents de Prunille tintant contre sa cuillère.

Peut-être l'avez-vous déjà constaté : à table, quand personne ne dit mot, le temps s'étire indéfiniment ; aussi est-ce après une éternité, ou au moins une demi-éternité, que tante Agrippine rompit le silence.

— Mon défunt mari et moi, dit-elle soudain, n'avons jamais eu d'enfants. L'idée nous faisait trop peur. Mais je tiens à ce que vous sachiez combien je suis heureuse de vous accueillir sous mon toit. Je me sens souvent bien seule, ici, sur cette hauteur. Et, quand Mr Poe m'a écrit pour me mettre au courant de vos malheurs, je me suis dit : « Pauvres petits ! Je ne veux surtout pas qu'ils se sentent aussi seuls au monde que moi, quand j'ai perdu mon cher Ignace. »

— Ignace, c'était votre mari ? s'enquit Violette.

Tante Agrippine sourit, mais sans regarder Violette. Comme si elle s'adressait à elle-même plutôt qu'aux enfants Baudelaire.

— Oui, répondit-elle d'un ton lointain, c'était mon mari. Mais c'était bien davantage. C'était mon meilleur ami, mon partenaire en grammaire, la seule personne de ma connaissance à savoir siffler avec un petit-beurre entre les dents.

— Maman aussi savait le faire, dit Klaus. Sa spécialité, c'était la quatorzième symphonie de Mozart.

— Ignace sifflait plutôt le quatrième quatuor de Beethoven. Apparemment, c'est de famille.

— Dommage que nous ne l'ayons pas connu, dit Violette. À vous entendre, il devait être merveilleux.

— Oh ! il l'était, dit tante Agrippine, soufflant sur sa soupe pour la réchauffer. Quel chagrin j'ai eu à sa mort ! J'avais l'impression de perdre les deux choses auxquelles je tenais le plus au monde.

— Deux ? s'étonna Violette. Comment ça ?

— J'ai perdu Ignace, dit tante Agrippine,

mais j'ai perdu aussi le lac Chaudelarmes. Bon, je ne l'ai pas perdu vraiment, bien sûr. Il est toujours au creux de sa vallée. Mais je vais vous expliquer. J'ai grandi sur ses rives. Jadis, je m'y baignais tous les jours. Je savais dans quelles criques il y avait du sable doux aux pieds. Je connaissais tous les îlots, les îles, les presqu'îles, toutes les grottes le long de ses rives. Le lac Chaudelarmes était un ami. Mais quand il m'a pris mon pauvre Ignace, je me suis mise à avoir peur de lui. Je n'ai plus voulu m'en approcher. J'ai cessé d'aller m'y baigner. Je n'ai plus mis les pieds sur une plage. J'ai retiré de mes étagères tous les livres que j'avais sur ce lac. La seule chose de lui que je supporte encore, c'est la vue que j'en ai par la grande baie de la bibliothèque.

Klaus se redressa, émoustillé.

— Bibliothèque ? Vous avez une bibliothèque ?

— Naturellement. Où voudrais-tu que je range mes livres de grammaire ? J'ai une idée : si vous ne voulez plus de soupe, je vais vous montrer la bibliothèque.

— Moi, en tout cas, déclara Violette en toute sincérité, j'aurais du mal à avaler une cuillerée de plus.

— Irmok ! approuva Prunille.

— Non, non, Prunille, la reprit fermement
tante Agrippine. Irmok n'est pas un mot de notre
belle langue. Tu dois dire : « Moi aussi, j'ai fini
de souper. »

— Irmok, soutint Prunille.

— Bonté divine ! gémit tante Agrippine.
De solides leçons de grammaire et de vocabulaire ne seront pas de trop. Raison de plus pour
nous rendre à la bibliothèque. Venez, les enfants.

Abandonnant leurs bols de soupe aux trois
quarts pleins, les enfants suivirent tante
Agrippine, attentifs à ne rien effleurer au passage.
Au bout du couloir, tante Agrippine fit halte et
poussa une porte comme les autres ; mais la pièce
qui apparut n'était en rien comme les autres.

Ni carrée ni rectangulaire, la bibliothèque de
tante Agrippine s'inscrivait dans un ovale parfait.
Une moitié de l'ovale était tapissée de livres,
tout au long d'étagères, délicatement incurvées
afin d'épouser le mur. Et tous ces livres, jusqu'au
dernier, traitaient de grammaire, d'orthographe
et de beau langage. Il y avait une *Grammaire
générale et raisonnée*, en vingt volumes sagement
alignés, au dos frappé d'or. Il y avait d'énormes

grimoires sur les verbes, leurs conjugaisons, leur histoire ; d'autres sur les prépositions, les conjonctions, les locutions, ainsi qu'un *Cours de grammaire historique* en quatre tomes, à côté d'un *Nouveau Dictionnaire à l'usage des écoles et des familles* (qui n'avait pas l'air si nouveau que ça). Il y avait d'imposants traités sur les adjectifs et les adverbes, paradant derrière une vitrine comme autant d'objets précieux. Au milieu de la pièce, quatre fauteuils à l'air moelleux attendaient les lecteurs, chacun avec appuie-tête et repose-pieds pour une meilleure digestion du savoir.

Mais c'est l'autre moitié de l'ovale, plus encore que les rayonnages, qui capta l'attention des enfants. Car du sol au plafond, d'un bout à l'autre de la pièce, la paroi était en verre, et cette immense baie vitrée offrait une vue grandiose sur le lac en contrebas. Les enfants s'approchèrent pour mieux voir, et ausssitôt ils eurent l'impression de prendre leur vol au-dessus des eaux sombres.

— C'est la seule façon dont je supporte encore de regarder ce lac, murmura tante Agrippine. De loin. Si j'en approche, immédiatement, je revois ce dernier pique-nique sur la plage avec mon regretté Ignace. Je le lui avais dit, pourtant, d'attendre une heure après le repas avant de se baigner ! Il n'a attendu que trois quarts d'heure. Il croyait que ce serait suffisant.

— Et il a eu une congestion ? demanda Klaus. Il paraît que c'est ce qui arrive quand on se baigne moins d'une heure après un repas.

— C'est une raison d'attendre, en effet, dit tante Agrippine. Mais dans le lac Chaudelarmes, il y a une autre raison. Si vous ne laissez pas s'écouler une heure au moins après un repas, les sangsues du lac détectent sur vous l'odeur des bonnes choses et passent à l'attaque.

— Sangsues ? répéta Violette.

— Oui, dit Klaus, tu sais bien, ces bestioles un peu comme des vers, qui vivent en eau douce. Elles sont aveugles et, pour se nourrir, elles s'accrochent à toi comme des ventouses et te sucent le sang.

— Quelle horreur ! frissonna Violette.

— Fouga ! cria Prunille, ce qui signifiait sans doute : « Mais quelle idée d'aller se baigner dans un lac infesté de sangsues ! »

— Les sangsues du lac Chaudelarmes, reprit

tante Agrippine, sont des sangsues uniques au monde, très différentes des sangsues communes. Elles ressemblent plutôt aux sangsues tropicales, mais, au lieu de trois dents acérées, chacune est équipée de six rangées de dents minuscules, hyper pointues. Et leur odorat ultra sensible leur permet de détecter la plus infime trace de nourriture à des kilomètres à la ronde. Les sangsues Chaudelarmes sont d'ordinaire inoffensives et se contentent de proies modestes, comme de très petits poissons. Mais lorsqu'elles repèrent une odeur comestible sur un être humain, elles l'encerclent par centaines et...

Le regard de tante Agrippine s'embua. Elle tira de sa poche un petit mouchoir rose, s'en tamponna les yeux et reprit d'une voix étranglée :

— Je suis désolée, on ne devrait jamais terminer une phrase sur la conjonction *et*, mais je suis tellement bouleversée chaque fois que je songe à ce drame...

— C'est nous qui sommes désolés d'avoir abordé la question, dit Klaus. Nous ne voulions pas vous faire de peine.

— Ce n'est rien, dit tante Agrippine, repliant son mouchoir avec soin. Simplement, voyez-vous, je préfère songer à Ignace de quantité d'autres façons. Par exemple, il avait toujours adoré le soleil ; aussi j'aime à me dire que, là où il est maintenant, le soleil brille comme nulle part ailleurs. Évidemment, personne ne sait ce qu'il y a après la mort, mais je trouve plus plaisant d'imaginer mon pauvre mari dans un pays merveilleux, pas vous ?

— Si, moi aussi, dit Violette. Beaucoup plus.

Elle avala sa salive. Elle aurait voulu dire autre chose à tante Agrippine. Mais, quand on ne connaît une personne que depuis une heure ou deux, il est très difficile de deviner ce que cette personne aimerait entendre.

— Tante Agrippine, reprit-elle, timide, vous n'avez jamais pensé à aller vivre ailleurs ? Je ne sais pas, mais peut-être que si vous habitiez loin du lac Chaudelarmes vous vous sentiriez un peu mieux ?

— On irait avec vous, ajouta Klaus.

— Oh ! je serais incapable de vendre cette maison, dit tante Agrippine avec un frisson. J'ai une sainte terreur des agents immobiliers.

Les trois jeunes Baudelaire échangèrent des regards furtifs. Une sainte terreur des agents immobiliers ? Aucun d'eux n'avait jamais entendu parler de cette sainte terreur-là.

Il existe deux sortes de peurs : les peurs rationnelles et les peurs irrationnelles – autrement dit, les peurs justifiées et celles qui ne le sont pas. Par exemple, pour les enfants Baudelaire, avoir peur du comte Olaf était parfaitement rationnel : ce sinistre personnage ne rêvait que de les supprimer pour faire main basse sur leur héritage. En revanche, s'ils avaient eu peur de la tarte au citron meringuée, c'eût été une peur irrationnelle : la tarte au citron meringuée est un excellent dessert qui n'a jamais fait de mal à une mouche. De même, la peur d'un monstre caché sous le lit n'a rien d'irrationnel du tout : il pourrait fort bien y en avoir un, prêt à vous happer les pieds. En revanche, avoir peur des agents immobiliers est totalement irrationnel. Les agents immobiliers, comme chacun sait, ont pour métier d'aider les gens à vendre ou à acheter des logements. Le pire que puisse faire un agent immobilier – en plus de porter un costume hideux, ce dont n'importe qui est capable –, c'est de vous infliger la visite d'un appartement hideux ; il est donc totalement irrationnel d'en avoir une sainte terreur. Ce type de peur, lorsqu'elle tend à s'installer, est considéré comme une maladie, une maladie appelée *phobie*. À l'évidence, Tante Agrippine souffrait d'une belle collection de phobies.

Ce soir-là, tout en regardant la nuit absorber le lac sombre, Violette, Klaus et Prunille sentirent monter en eux une crainte sourde.

Ce n'était pas une phobie, mais le plus grand expert en terreurs aurait été bien en peine de dire si cette peur était rationnelle ou pas. La crainte des enfants Baudelaire était de voir une nouvelle catastrophe s'abattre sur eux. D'un côté, c'était une peur irrationnelle : tante Agrippine semblait bien brave, et le comte Olaf n'était nulle part en vue. D'un autre côté, les trois orphelins avaient déjà connu tant d'infortunes qu'il semblait totalement rationnel de penser qu'une nouvelle calamité se mijotait en coulisse.

Chapitre III

On dit parfois que, dans la vie, il faut savoir *relativiser*. C'est un mot savant qui signifie : « se consoler des ennuis présents en les comparant à des ennuis plus graves — ceux du passé ou ceux d'autrui». Par exemple, si vous êtes affligé d'un affreux bouton sur le nez, regardez-vous dans le miroir et dites-vous : « Bah ! c'est tout de même moins grave que de se faire dévorer par un ours. »

Ici, on voit tout de suite les limites de la méthode : il est dur de se concentrer sur quelqu'un qui se fait dévorer par un ours lorsqu'on est face à son reflet avec un affreux bouton sur le nez. Relativiser n'est pas aussi simple. C'est ce que découvrirent les enfants Baudelaire dès le début de leur séjour chez tante Agrippine.

Le matin, au petit déjeuner (citronnade et pain non grillé), Violette se répétait : « Allons ! au moins nous n'avons pas à cuisiner pour le comte Olaf et son odieuse troupe de théâtre[1]. » L'après-midi, à l'heure de la grammaire (tante Agrippine y tenait beaucoup), Klaus songeait : « Allons ! au moins le comte Olaf n'est pas là pour nous traîner au Pérou[2]. » Et le soir, face au dîner (soupe glacée au pain trempé), Prunille se disait « Zohix ! », ce qui signifiait, en gros : « Allons ! au moins le comte Olaf n'a toujours pas montré le bout de son nez. »

Mais ils avaient beau se rappeler avoir connu vingt fois pire, les enfants n'en trouvaient pas moins leurs journées bien imparfaites. À ses moments perdus, Violette démontait et remontait le petit train, dans l'espoir d'inventer un chauffe-plat ; mais combien elle aurait préféré voir tante Agrippine allumer le fourneau ! À ses moments perdus, Klaus s'enfonçait dans un fauteuil de la bibliothèque et lisait un traité d'orthographe ; mais combien il aurait préféré être encore chez l'oncle Monty, au milieu de ses reptiles ! À ses moments perdus, Prunille se faisait les dents sur Penny Jolie ; mais combien

---

1. Lire *Tout commence mal…*, tome I.
2. Lire *Le Laboratoire aux serpents*, tome II.

elle aurait préféré être encore un bébé choyé, sous le toit qui l'avait vue naître !

Tante Agrippine ne sortait guère : tant de choses lui faisaient peur, dans le vaste monde ! Pourtant, lorsque les enfants lui parlèrent de l'ouragan Herman annoncé pour la fin de la semaine, aux dires du chauffeur de taxi, elle reconnut que descendre en ville pour un solide approvisionnement était sans doute une sage précaution. Comme elle ne conduisait pas (elle avait la phobie des voitures – une sainte terreur, disait-elle, de s'y retrouver enfermée, toutes portières bloquées), les enfants et elle se mirent en route à pied pour Port-Damoclès, tout en bas de la rue pentue. Le temps d'arriver au marché et les enfants, faute d'entraînement, avaient les jambes en capilotade.

— Vous êtes sûre que vous ne voulez pas nous laisser cuisiner pour vous ? demanda Violette à tante Agrippine qui marchait droit vers des barils de citrons. Chez le comte Olaf, nous avons appris à faire la sauce *puttanesca*. C'est très facile et absolument sans danger.

— Non, non, refusa tante Agrippine. J'ai dit que je vous prenais en charge, c'est à moi de faire la cuisine. D'ailleurs, j'ai très envie d'essayer cette nouvelle recette que j'ai trouvée, la mitonnade froide au citron vert. Mais ce comte Olaf, décidément, a l'air d'un bien méchant homme. Obliger des enfants à s'approcher d'un fourneau !

— Oh ! il nous en a fait voir de dures, confirma Klaus (sans préciser que le fourneau n'avait pas été le pire des maux, durant leur séjour chez le comte). J'en ai encore des cauchemars. Et cet horrible tatouage à la cheville. C'est de ce tatouage dont j'ai le plus horreur.

Tante Agrippine tapota son chignon.

— Klaus, Klaus, dit-elle d'un ton sévère, veille à la grammaire, s'il te plaît. Souviens-toi : on ne dit pas : « C'est de cela dont j'ai horreur. « Dont signifie duquel, de laquelle. De est déjà inclus dedans, inutile de le répéter. C'est une horrible redondance. On dit : « C'est de cela que j'ai horreur » ou « C'est cela dont j'ai horreur. » Comprends-tu ?

— Oui, tante Agrippine, répondit Klaus avec un soupir. Merci de me l'avoir fait remarquer.

— Nikaff ! lança Prunille, ce qui signifiait clairement : « Pas très gentil de faire la leçon à

Klaus quand il parle de ce qui le tourneboule. »

— Prunille ! se récria tante Agrippine, rectifiant son chignon derechef. *Nikaff* est un mot qui n'existe pas. Rappelle-toi ce que nous avons dit sur la nécessité de s'exprimer clairement... Bien, et maintenant, Violette, voudrais-tu aller nous choisir deux ou trois beaux concombres, s'il te plaît ? Je pense refaire de cette soupe glacée que vous avez tant aimée.

Violette gémit intérieurement, frissonnant d'avance à l'idée d'un nouveau dîner réfrigérant, mais elle acquiesça de bonne grâce et s'enfonça dans une allée, en quête de concombres. Malgré elle, ses yeux s'attardaient sur les victuailles qui s'étalaient là, alléchantes en diable mais exigeant toutes un passage à la poêle, à la casserole, au four, au gril – bref, exigeant toutes un fourneau allumé. Oui, ce réchaud miracle à bricoler à partir des pièces du train miniature, il était grand temps de l'inventer !

Tout à ses pensées d'inventrice, Violette ne regardait guère où elle allait, et c'est ainsi qu'elle faillit bien emboutir un passant.

— Oh ! pard... fit-elle, mais elle leva les yeux et ne put achever.

Devant elle se tenait un grand échalas coiffé d'un bonnet de marin, avec un bandeau noir sur l'œil gauche. Il la toisait d'un air ravi, à croire qu'elle était un cadeau du ciel, orné d'un gros nœud sur lequel il lui tardait de tirer. Il avait de longs doigts maigres et se tenait tout de guingois, un peu comme la maison de tante Agrippine sur son piton. Violette baissa les yeux et eut tôt fait de comprendre : en guise de jambe gauche, l'homme avait une grosse jambe de bois ! Comme la plupart des unijambistes, il faisait porter tout son poids sur sa jambe valide, ce qui lui valait ce petit air de tour de Pise.

C'était la première jambe de bois que Violette voyait de sa vie, mais ce n'était pas ce spectacle qui la laissait sans voix. Non, ce qui la rendait muette était un détail familier, au contraire : cet œil luisant, affreusement luisant sous un sourcil sans fin...

Lorsque quelqu'un se déguise, on parle parfois de « déguisement transparent ». Ce n'est pas que ce quelqu'un soit enveloppé de papier cellophane ; non, c'est une façon de dire qu'on n'est pas dupe une minute. Face à ce pseudo-matelot unijambiste, Violette ne fut

pas dupe une seconde : c'était le comte Olaf
et nul autre.

Au même moment, tante Agrippine la rattrapa
à grandes enjambées.

— Violette, voyons ! Que fais-tu dans cette
allée ? Tous ces produits demandent à cuire,
et tu sais très bien...

À la vue du comte Olaf, tante Agrippine se
tut net. Un bref instant, Violette crut que leur
tutrice avait compris à qui elle avait affaire. Mais
tante Agrippine sourit aimablement, et tous
les espoirs de Violette s'envolèrent – ou retom-
bèrent, ce qui revient au même.

— Bonjour, mademoiselle, dit le comte à tante
Agrippine avec son sourire crocodilien. J'étais
en train de m'excuser pour avoir un peu bous-
culé votre jeune sœur.

Tante Agrippine vira au rouge vif jusqu'à la
racine de ses cheveux gris et bredouilla d'une
petite voix :

— Oh ! Violette n'est pas ma sœur, monsieur.
Je suis sa tutrice légale. Et celle de ces deux
petits, ajouta-t-elle comme Klaus et Prunille les
rejoignaient, intrigués.

Le comte Olaf se frappa le front, la mine

incrédule, à croire que tante Agrippine prétendait être la fée Dragée.

— Vous ? Tutrice ? Mais vous faites si jeune ! Je vous aurais prise pour l'aînée de ces enfants.

Tante Agrippine rougit de plus belle.

— Oh, c'est peut-être de vivre au bord de ce lac. J'ai vécu ici toute ma vie, voyez-vous. On m'a dit plus d'une fois que son air vivifiant me conservait jeune et fraîche.

Le comte souleva son couvre-chef.

— Enchanté de faire la connaissance d'une authentique Caldalacrymienne, dit-il en faisant sonner ce mot, tout fier de connaître le nom des habitants du lieu. Je suis arrivé depuis peu dans votre belle ville et, comme je m'y établis pour affaires, je serais ravi de m'y faire des amis. Permettez que je me présente...

— Permettez qu'on vous présente, Klaus et moi ! enchaîna Violette (avec un aplomb que personnellement je n'aurais pas eu, si je m'étais retrouvé nez à nez avec le comte Olaf). Tante Agrippine, le comt...

— Violette, enfin ! coupa tante Agrippine. Veille à ta grammaire, s'il te plaît. Tu ne dois pas dire : « Permettez qu'*on* vous présente », mais bien : « que *nous* vous présentions ». *On* est un pronom personnel indéfini. L'employer à la place de *nous* est un barbarisme.

— Mais tante Agri... voulut protester Violette.

— Allons, Veronica ! intervint le comte Olaf, son œil luisant posé sur elle. Ta tutrice a raison. Et, afin de t'éviter d'autres barbarismes, je me présente moi-même. Je suis le capitaine Sham, et je viens d'ouvrir sur le port une petite affaire de location de voiliers. Enchanté de faire votre connaissance, miss... Euh, miss comment ?

— Amberlu, répondit tante Agrippine. Agrippine Amberlu. Et je vous présente les enfants Baudelaire : Violette, Klaus et la petite Prunille.

— La petite Prunille, répéta le capitaine avec un sourire d'ogre. Ravi de faire votre connaissance. Peut-être aurai-je un jour le plaisir de vous emmener sur le lac pour un petit tour en bateau ?

— Djingo ! s'écria Prunille, ce qui signifiait en gros : « Plutôt manger de la terre, oui ! »

— Nous n'irons nulle part avec vous, confirma Klaus.

Tante Agrippine leur fit les gros yeux.

— Bonté divine, ces enfants ont perdu leurs manières, en plus de leur grammaire ! Klaus, Prunille, voulez-vous bien présenter vos excuses au capitaine Sham ! Et immédiatement, je vous prie.

— Ce n'est pas le capitaine Sham ! éclata Violette. C'est le comte Olaf.

Tante Agrippine eut un petit sursaut, et son regard voleta des enfants au capitaine. Le crocodile souriait toujours, mais son sourire avait un peu fléchi, le temps de voir si tante Agrippine allait déceler la supercherie.

Tante Agrippine, sourcils froncés, l'examina de la tête aux pieds.

— Oui, je sais, dit-elle, Mr Poe m'a mise en garde contre ce comte Olaf. Mais il m'a bien précisé, aussi, que vous aviez tendance à le voir partout.

— Si on le voit partout, expliqua Klaus d'un ton las, c'est qu'il *est* partout.

— Qui donc est ce comte Omar ? s'informa le capitaine Sham.

— Le comte *Olaf*, dit tante Agrippine, est un odieux personnage qui...

— ... se tient à l'instant même en face de nous ! compléta Violette. Oh ! il peut bien se donner

tous les noms qu'il voudra ! C'est toujours lui,
pas de problème, avec ses petits yeux brillants
brillants, ses sourcils soudés...

— Mais des quantités de gens présentent ces
traits, fit valoir tante Agrippine. Ma belle-mère,
tenez, par exemple... elle n'avait qu'un seul
sourcil, et une seule oreille aussi.

— Le tatouage ! s'écria Klaus. C'est le
tatouage qu'il faut regarder. Le comte Olaf a un
œil tatoué sur la cheville gauche.

Le capitaine Sham poussa un long soupir et,
non sans effort, souleva sa jambe de bois. Elle
était en bois sombre, et si bien astiquée qu'elle
brillait autant que son œil. Elle tenait à son
genou par une espèce de charnière métallique.

— Cheville gauche ? dit-il avec des larmes
dans la voix. La mienne a fini dans l'estomac
des sangsues.

Les yeux de tante Agrippine s'embuèrent et
elle posa une main sur l'épaule du matelot.

— Oh ! mon pauvre monsieur, murmura-t-
elle (et les enfants comprirent aussitôt qu'ils
avaient perdu la partie). Vous avez entendu,
les enfants ?

Violette fit une dernière tentative :

— Ce n'est pas le capitaine Sham, c'est le...

Tante Agrippine l'interrompit.

— Allons, ma fille, un peu de jugeotte ! Tu n'imagines tout de même pas qu'il aurait donné sa jambe aux sangsues pour le plaisir de vous jouer un tour ? Racontez-nous, capitaine. Dites-nous comment c'est arrivé.

— Oh ! bêtement, dit le capitaine. J'étais assis dans mon bateau, le mois dernier, en train de déguster des pâtes à la *puttanesca*. J'ai fait tomber un peu de sauce sur ma jambe, et je n'ai pas eu le temps de dire ouf. Déjà les sangsues attaquaient.

— Quasiment ce qui est arrivé à mon défunt mari, dit tante Agrippine avec un sanglot dans la voix. Sauf que c'était de la sauce gribiche.

Les enfants serrèrent les poings. Cette histoire de *puttanesca* sonnait aussi faux que ce nom grotesque, « capitaine Sham ». Oui, mais comment le prouver ?

— Tenez, dit le capitaine, tendant à tante Agrippine un petit rectangle de bristol. Voici ma carte de visite. La prochaine fois que vous descendrez en ville, passez donc prendre une tasse de thé.

— Avec plaisir, dit tante Agrippine, et elle lut à voix haute : « *Capitaine Sham. SHAM PLAISANCE, location de voiliers. Quelque soit votre rêve, nous le réalisons.* » Oh ! capitaine, vous avez fait une grosse faute.

— Quoi ? fit le capitaine, le sourcil levé.

— « *Quelque* soit votre rêve. » Ça ne s'écrit pas comme ça. Il ne faut pas confondre *quelque* en un seul mot, adverbe, et *quel que* en deux mots, pronom. C'est une faute de grammaire courante, capitaine, mais qu'on ne saurait admettre.

Le capitaine se renfrogna. Un bref instant, il parut prêt à décocher à tante Agrippine un bon coup de sa jambe de bois. Puis il desserra les dents.

— Merci pour cette précieuse information, Miss Amberlu.

— Tout le plaisir est pour moi, capitaine. Venez, les enfants, il est temps d'achever notre petit marché. J'espère vous revoir très bientôt, capitaine.

Le capitaine Sham la salua d'un semblant de courbette et d'un large sourire, mais à peine eut-elle tourné le dos que les enfants virent le sourire se muer en rictus sardonique. Il l'avait flouée, roulée dans la farine, enjôlée, embobinée. Et que faire pour la détromper ? Elle flottait sur un petit nuage.

Sur le chemin du retour, tout au long de la grimpée jusqu'à la maison perchée, le poids des provisions (concombres, citrons, choux rouges) n'était rien, comparé au poids qui écrasait le cœur des enfants. Et, tout au long de la grimpée, tante Agrippine parla, parla de ce gentil capitaine Sham, de l'homme charmant qu'il était, du grand espoir qu'elle avait de le revoir très bientôt – tandis que les enfants songeaient, songeaient à cet infâme comte Olaf, au triste sire qu'il était, au mince espoir qu'ils avaient de ne plus le revoir jamais.

Chapitre IV

Ce soir-là, au dîner, les trois enfants avaient chacun comme un bloc de glace au creux de l'estomac. La moitié de cette glace, il est vrai, provenait de la mitonnade glacée servie par tante Agrippine. Mais l'autre moitié – la plus froide – provenait de cette sinistre nouvelle : le comte Olaf était de retour dans leurs vies.

— Ce capitaine Sham est assurément un homme exquis, dit tante Agrippine en grignotant une écorce de citron.

Il doit se sentir bien seul, dans cette ville qu'il connaît à peine et avec une jambe en moins. Nous devrions peut-être l'inviter à dîner, un de ces soirs ?

— Tante Agrippine, s'il vous plaît ! soupira Violette en éparpillant la mitonnade dans son assiette, selon la technique bien connue du « presque tout mangé ». Ce n'est pas le capitaine Sham, c'est le comte Olaf. Déguisé.

Mais tante Agrippine ne s'en laissait pas conter.

— Allons, allons, mes enfants, je suis lasse de ces absurdités. Votre comte Olaf, Mr Poe me l'a décrit par le menu. Il a un tatouage à la cheville gauche et un unique sourcil au-dessus de ses deux yeux. Le capitaine Sham n'a qu'un seul œil et pas de cheville gauche. Le malheureux a des problèmes de vue, n'allez pas lui refuser votre confiance.

— Moi aussi, j'en ai, des problèmes de vue, dit Klaus en remontant ses lunettes sur son nez. Et vous me refusez votre confiance.

Tante Agrippine plissa le front.

— Klaus, pas d'impertinence, s'il te plaît. (Et, comme il arrive parfois, « pas d'impertinence » signifiait : « Ne souligne pas que j'ai tort. ») Une fois pour toutes, vous trois, mettez-vous ceci en tête : le capitaine Sham n'est *pas* le comte Olaf. Elle plongea la main dans sa poche et en sortit la carte de visite.

— Voyez ceci. Que lisons-nous ? *Comte Olaf ?* Non. *Capitaine Sham.* Cette carte a beau comporter une grosse faute, elle n'en est pas moins la preuve que notre ami le capitaine est bien celui qu'il dit.

Tante Agrippine posa le rectangle de bristol sur la table et les enfants le contemplèrent en silence.

Une carte de visite, bien évidemment, n'a jamais rien prouvé du tout. N'importe qui peut entrer chez un imprimeur et commander des cartes de visite affirmant ce qui lui chante. Votre dentiste peut commander des cartes assurant qu'il est votre grand-mère. Un jour, pour m'évader du château d'un ennemi, je me suis fait faire des cartes de visite assurant que j'étais amiral de France. Ce n'est pas parce qu'une chose est imprimée – sur une carte de visite, dans un journal ou dans un livre – qu'elle devient une vérité. Les trois enfants le savaient mais ils ne savaient comment le dire, surtout à une grande personne. Faute d'inspiration, ils continuèrent à feindre de manger leur mitonnade.

Le silence était tel, dans cette salle à manger, que tout le monde sursauta quand le téléphone sonna.

— Dieux du ciel ! glapit tante Agrippine. Que faire ?

— Minga ! s'écria Prunille, ce qui signifiait : « Décrocher, pardi ! »

Tante Agrippine se leva de table, mais resta clouée sur place. La seconde sonnerie retentit.

— C'est peut-être important, bredouilla tante Agrippine, mais... Comment savoir si ça vaut la peine de risquer l'électrocution ?

— Si vous voulez, dit Violette en s'essuyant la bouche, je vais répondre, d'accord ?

Elle quitta la table et gagna le téléphone, à temps pour décrocher à la troisième sonnerie.

— Allô ?

— Mrs Amberlu ? demanda une voix chuintante à l'autre bout du fil.

— Non, ici Violette Baudelaire. Puis-je vous être utile ?

— Fais venir la vieille au téléphone, moucheronne ! dit la voix, et Violette se figea : le capitaine Sham !

Elle jeta un coup d'œil à tante Agrippine qui l'observait, rongée d'angoisse.

— Je suis désolée, dit Violette bien haut dans le combiné. Vous avez dû vous tromper de numéro.

— Ne joue pas au plus fin avec moi, espèce de petite... siffla la voix, mais Violette lui raccrocha au nez.

Puis elle se tourna vers tante Agrippine, le cœur chaviré, et dit très vite :

— Un faux numéro. Quelqu'un qui demandait le cours de danse Hioplala.

— Quelle enfant courageuse tu es, murmura tante Agrippine. Décrocher le téléphone comme ça…

— C'est sans danger, vous savez, dit Violette.

— Vous n'avez jamais répondu au téléphone, tante Agrippine ? demanda Klaus. Jamais de votre vie ?

— C'était toujours Ignace qui décrochait, répondit tante Agrippine. Et je lui faisais enfiler un gant spécial, pour plus de sûreté. Mais à présent que j'ai vu ta sœur le faire, qui sait ?

J'essaierai peut-être moi-même, la prochaine fois.

À cette seconde, le téléphone sonna derechef et tante Agrippine sauta au plafond.

— Juste ciel ! Je ne m'attendais pas à ce qu'il sonne aussi tôt. Quelle folle soirée !

Les yeux sur le téléphone, devinant *qui* rappelait, Violette proposa, timide :

— Je peux répondre encore, si vous voulez.

— Non, non, décida tante Agrippine, et elle marcha vers ce téléphone comme on approche d'un chien qui aboie. J'ai dit que j'essaierais, et je vais essayer.

Elle respira un grand coup et, d'une main tremblante, décrocha le combiné.

— Allô ? Oui, elle-même... Ooh ! bonsoir, capitaine. Quelle joie de vous entendre. (Elle fit silence un instant, puis rougit jusqu'à la racine des cheveux.) C'est trop aimable à vous, capitaine, mais... Comment ? Oh, si vous le dites... C'est trop aimable à vous, Julio. Pardon ? Comment ? Oh ! quelle idée merveilleuse. Un petit instant, je vous prie.

La main sur le micro du téléphone, tante Agrippine se tourna vers les enfants.

— Violette ! Klaus ! Prunille ! S'il vous plaît ! Vous voulez bien aller dans votre chambre une minute ? Le capitaine Sham – je veux dire Julio, il tient à ce que je l'appelle Julio – souhaiterait vous faire une petite surprise, et il veut en discuter avec moi.

— On n'a pas envie de surprise, dit Klaus.

— Mais bien sûr que si ! soutint tante Agrippine. Allons, sauvez-vous gentiment, que je discute des détails avec lui en toute confidentialité.

— On n'écoute pas, dit Violette. On peut rester ici sans problème.

— C'est ce mot *confidentialité* qui vous gêne ? Ne vous inquiétez pas. Il signifie seulement : « caractère confidentiel ». Autrement dit, si vous restez ici, la surprise ne sera pas une surprise. Allons, soyez gentils, allez dans votre chambre.

— On le sait, ce que *confidentialité* veut dire, grogna Klaus, mais il suivit ses sœurs, tête basse.

Dans leur chambre, les enfants se regardèrent en silence, bouillonnant de rage impuissante. Violette débarrassa son lit des pièces de locomotive qu'elle avait prévu d'examiner ce soir-là, et tous trois s'étendirent côte à côte comme des sardines, le front plissé, contemplant le plafond.

— Et moi qui nous croyais en sûreté, ici ! dit Violette écœurée. Bien la peine de se méfier des agents immobiliers, si c'est pour faire confiance à un comte Olaf ! D'accord, il est déguisé, mais quand même.

— Vous croyez qu'il a vraiment donné sa jambe aux sangsues ? demanda Klaus avec un frisson. Rien que pour faire disparaître son tatouage ?

— Tchouruck ! fit Prunille, ce qui signifiait sans doute : « Un peu radical, non ? Même pour le comte Olaf ! »

— D'accord avec toi, Prunille, dit Violette. À mon avis, cette histoire de sangsues, c'est un truc pour apitoyer tante Agrippine.

— Ça a marché, en tout cas, soupira Klaus. Elle a avalé ça tout rond.

— Remarquez, dit Violette, côté confiance, elle est quand même loin du record de l'oncle Monty. Lui, il avait carrément accueilli le comte Olaf sous son toit.

— Oui, se souvint Klaus. Mais au moins ça nous permettait de le tenir à l'œil.

— Obrac, fit Prunille, ce qui pouvait signifier : « Sauf que ça ne nous a pas permis de sauver l'oncle Monty. »

— À votre avis, demanda Violette, qu'est-ce qu'il mijote, cette fois ? Peut-être qu'il a dans l'idée de nous emmener en bateau et de nous pousser dans le lac ?

— Peut-être qu'il a décidé d'arracher la maison de son piton, dit Klaus, et de mettre ça sur le compte de l'ouragan Herman ?

— Haftu ? dit Prunille, ce qui signifiait sans doute : « Peut-être qu'il veut mettre des sang-sues Chaudelarmes dans nos lits ? »

— Peut-être, dit Violette. Peut-être, peut-être, peut-être. Tous ces *peut-être* ne mènent pas bien loin.

— Et si on appelait Mr Poe, suggéra Klaus, pour lui dire que le comte Olaf est ici ? Peut-être qu'il viendrait nous chercher ?

— Hum ! fit Violette. Ça, c'est le plus gros *peut-être* de tous. Tu sais combien Mr Poe est difficile à convaincre. Même tante Agrippine refuse de nous croire. Et pourtant, elle, le comte Olaf, elle l'a vu de ses yeux.

— C'est vrai, reconnut Klaus. Sauf qu'elle est persuadée d'avoir vu le capitaine Sham.

Prunille cessa de mordiller la tête de Penny Jolie et marmotta : « Poutchi ! », ce qui signifiait sans doute : « Tu veux dire : *Julio* ! »

— Au fond, conclut Klaus, je vois mal ce qu'on pourrait faire, à part ouvrir tout grands nos yeux et nos oreilles.

— Douma, approuva Prunille.

— Oui, dit Violette gravement. C'est la seule solution : garder l'œil ouvert.

Les enfants se turent, solennels. Hélas, tomber d'accord sur un plan de défense ne suffisait pas à les rassurer. Garder l'œil ouvert, l'idée semblait bonne ; mais ils savaient tous trois, sans le dire, que contre un capitaine Sham c'était un plan de défense bien fluet. Et plus les quarts d'heure s'égrenaient, plus il semblait fluet, fluet.

Au bout d'un moment, Violette se rassit et noua ses cheveux pour se dégager les yeux. Mais elle eut beau réfléchir et réfléchir et réfléchir, rien ne germa sous son front, et surtout pas un plan de défense.

Klaus contemplait le plafond en se concentrant à l'extrême, comme s'il espérait voir s'inscrire là une quelconque révélation. Mais rien d'utile n'apparut, et pour finir il se rassit.

Et Prunille eut beau planter les dents, encore et encore, dans le crâne de Penny Jolie, elle non plus ne trouva pas l'inspiration.

J'ai une amie du nom de Gina-Sue qui aime à dire : « Ce n'est pas quand le cheval a fui qu'il faut fermer l'écurie. » Hélas, bien souvent, c'est à ce moment-là qu'on y pense. Quand il est trop tard, justement. C'est un peu ce qui arriva ce soir-là à Violette, Klaus et Prunille. Un peu seulement, car on ne peut pas dire qu'ils n'avaient pas songé à fermer l'écurie. Mais ils arrivèrent trop tard, à coup sûr.

Ils ruminaient leurs sombres pensées depuis le début de la soirée lorsqu'ils entendirent un immense fracas, comme un bruit de verre brisé – et ils comprirent aussitôt que garder l'œil ouvert n'avait pas suffi.

— C'est quoi, ce bruit ? s'écria Violette, sautant sur ses pieds.

— On dirait du verre cassé, dit Klaus d'un filet de voix, et il bondit vers la porte.

— Vestou ! cria Prunille, mais aucun de ses aînés ne prit le temps d'interpréter ce qu'elle entendait par là.

— Tante Agrippine ? appela Violette en

passant la tête à la porte. Tante Agrippine !

Rien ne répondit.

Elle inspecta le couloir, à droite, à gauche.

Silence complet.

— Tante Agrippine ? répéta Violette.

Klaus et Prunille sur les talons, elle gagna la salle à manger, mais la pièce était déserte. Sur la table, les bougies se consumaient doucement, et leur lumière dansante faisait luire la carte de visite et la mitonnade dans son saladier.

— Tante Agrippine ? appela Violette une fois de plus, puis le trio, regagnant le couloir, s'élança vers la bibliothèque.

Malgré elle, Violette repensait à ce triste matin, chez l'oncle Monty, où ils avaient tous trois appelé leur oncle en vain, dans le petit jour. Puis ils avaient découvert le drame, dans la bibliothèque justement.

— Tante Agrippine ? reprit-elle encore. Tante Agrippine !

Mais quelque chose lui disait déjà que sa tante ne pouvait l'entendre.

— Oh ! regardez, s'écria Klaus, indiquant la porte de la bibliothèque.

Un feuillet de papier, plié en deux, était fixé là par une punaise.

— Qu'est-ce que c'est ? demanda Violette, et Prunille tendit son petit cou pour mieux voir.

— Un billet, répondit Klaus, et il lut à voix haute :

Chers Violette, Klaus et Prunille,
S'il vous plait, quelque soit votre surprise à la vue de ce message, lisez-le attentivement.
Quand vous l'aurez entre les mains, je ne serai plus de ce monde. La vie m'est devenue inssupportable. À l'évidance, vos autres enfants ne pouvez pas comprendre, mais ces temps-ci je trouvais cette vie constament plus fatiguante. Surtout ne soyez pas tristes, je vais retrouvé mon cher Ignace et ma viduitée prendra fin.
Pour dernière volonté, je vous confie tous trois au capitaine Sham, un homme bon et honorable. Soyez sages et respectez bien la grammaire et l'orthographe.
Votre dévouée
tante Agrippine.

— Oh non ! murmura Klaus lorsqu'il eut achevé sa lecture.

Il tournait et retournait ce bout de papier entre ses doigts, comme s'il lui semblait l'avoir mal lu, comme si les mots avaient forcément un autre sens.

— Oh non ! répéta-t-il très bas, sans même se rendre compte qu'il prononçait ces mots.

En silence, Violette ouvrit la porte de la bibliothèque. Tous trois firent un pas en avant et une vague d'air glacé les submergea. La pièce était sibérienne, et la raison en sautait aux yeux : la grande baie vitrée n'était plus. Hormis deux ou trois éclats de verre encore accrochés au chambranle, le vitrage s'était pulvérisé, ne laissant qu'une immense trouée sur la nuit.

L'air nocturne, humide et glacé, s'engouffrait par cette béance, il faisait ballotter les bibelots et grelotter les enfants. Pourtant, bravant son haleine froide, ils s'approchèrent à pas prudents de l'endroit où aurait dû se trouver la vitre et tendirent le cou vers le vide.

La nuit était si noire qu'il semblait n'y avoir plus rien au-delà du vitrage manquant. Ils restèrent cloués là un moment, sentant remonter l'angoisse qui leur était venue, quatre jours plus tôt, devant cette même baie. Leur peur d'alors,

ils s'en rendaient compte, n'avait rien eu d'irrationnel, finalement. Serrés les uns contre les
autres, scrutant l'obscurité, ils comprenaient
que leur plan de défense arrivait trop tard de
toute manière. Fermer la porte de l'écurie, à
quoi bon ? Cette pauvre tante Agrippine avait
déjà disparu.

Chapitre V

Chers Violette, Klaus et Prunille,
S'il vous plait, quelque soit
votre surprise à la vue de ce
message, lisez-le attentivement.

Quand vous l'aurez entre les mains,
je ne serai plus de ce monde. La vie m'est
devenue insupportable. À l'évidance,
vos autres enfants ne pouvez pas
comprendre, mais ces temps-ci je trouvais cette vie constament plus
fatiguante. Surtout ne soyez
pas tristes, je vais retrouvé mon
cher Ignace et ma viduitée
prendra fin.

Pour dernière volonté, je vous
confie tous trois au capitaine Sham,

71

un homme bon et honorable. Soyez sages et respectez bien la grammaire et l'orthographe.

Votre dévouée

tante Agrippine.

— Klaus, enfin ! protesta Violette. Arrête de lire ce message tout haut ! On le sait par cœur, ce qu'il dit.

— Je n'arrive pas à y croire, murmura Klaus, tournant le papier entre ses mains pour la cinquantième fois peut-être.

Les enfants Baudelaire étaient assis, lugubres, à la table de la salle à manger, la mitonnade figée au fond de leurs assiettes et la peur figée au fond de leurs cœurs. Violette avait appelé Mr Poe pour le mettre au courant du drame, et les enfants, trop anxieux pour dormir, avaient passé la nuit à attendre son arrivée par le premier ferry du matin. Les bougies achevaient de se consumer et Klaus avait le nez pour ainsi dire posé sur le billet de tante Agrippine.

— Il y a quelque chose de drôle dans cette lettre, dit-il, mais je n'arrive pas à mettre le doigt dessus.

— Drôle ? s'indigna Violette. Tante Agrippine

se jette par la fenêtre et tu trouves ça drôle ?

— Pas drôle ouaf-ouaf, maligne. Drôle comme une drôle d'odeur. Enfin quoi, dès la première phrase elle écrit : *S'il vous plaît...*

— Et ça t'étonne ? Elle a toujours été très polie.

— Tu ne comprends pas, s'impatienta Klaus. Elle a écrit « s'il vous plait » sans chapeau sur le *i* de « plaît ». Sans accent circonflexe, si tu préfères. Alors qu'il en faut un, j'en suis sûr.

— Un petit accent qui manque ? Et tu en fais tout un plat ?

— Attends. Il y a mieux. Elle a écrit : « *quelque* soit votre surprise ». *Quelque*. En un seul mot. Alors que, tu te souviens ?... (Klaus saisit la carte de visite calée contre le pichet.) Tu te souviens, quand le capitaine Sham lui a donné sa carte ? Tout de suite, elle lui a fait remarquer qu'il y avait une faute dessus, une grosse faute.

— Une faute, une faute, la belle affaire ! Tu trouves ça important, la grammaire, quand tante Agrippine vient de se jeter par la fenêtre ?

— Moi non, mais tante Agrippine, si. Elle trouvait ça important. C'était même ce qu'elle trouvait de plus important au monde, la grammaire et l'orthographe. Souviens-toi, elle l'avait dit : c'étaient ses plus grandes joies dans la vie.

— Eh bien, ces joies ne lui ont pas suffi, dit Violette d'une pauvre voix. La vie lui était devenue insupportable, elle l'avoue elle-même.

— Mais justement ! s'écria Klaus. C'est une autre faute dans sa lettre : elle a écrit *insupportable* avec deux *s* !

— Oh ! la barbe à la fin. Toi et tes fautes ! Insupportable, c'est toi qui l'es, oui. Avec un *s*, ou deux, ou trois !

— Et toi stupide. Avec un *S* majuscule !

— Agrit ! lança Prunille, autrement dit: « Vous croyez que c'est le moment, vous deux ? »

Violette et Klaus se tournèrent vers elle et leurs regards se croisèrent. Souvent, quand on est malheureux, on a terriblement envie de rendre les autres malheureux aussi. Mais bien sûr, ça n'arrange pas les choses.

— Pardon, Klaus, dit Violette penaude. Insupportable, ce n'est pas toi qui l'es. C'est la situation.

— Je sais, dit Klaus, tête basse. Moi aussi, je te demande pardon. Tu n'as jamais été stupide. Tu serais même plutôt futée. Assez futée, je l'espère, pour nous tirer de ce mauvais pas. Tante Agrippine s'est jetée par la fenêtre, elle nous laisse aux mains du capitaine Sham. Il faut faire quelque chose, mais quoi ?

— En tout cas, assura Violette, Mr Poe arrive. Au téléphone, il a promis d'être là aux aurores ; il ne devrait plus tarder. Peut-être qu'il pourra faire quelque chose.

— Peut-être, dit Klaus.

Tous deux soupirèrent sans bruit. Les chances de voir Mr Poe faire quelque chose – quelque chose d'efficace – étaient hélas des plus réduites. Du temps de leur séjour chez le comte Olaf, Mr Poe n'avait pas été d'un grand secours lorsqu'ils l'avaient informé de la cruauté du comte. Du temps de leur séjour chez l'oncle Monty, il n'avait pas été d'un grand secours lorsqu'ils lui avaient révélé l'odieuse machination du même comte. Il était clair que, sauf miracle, dans cette affaire-là non plus Mr Poe ne serait pas d'un grand secours.

Une bougie acheva d'expirer dans une petite bouffée de fumée noire, et les enfants se tassèrent un peu plus sur leurs chaises.

Sans doute avez-vous entendu parler d'une

plante nommée *gobe-mouches*, une plante insec-
tivore – on dit parfois carnivore, pour lui donner
l'air plus féroce. L'extrémité de ses feuilles forme
une bouche ouverte, avec une frange de gros
poils qui font songer à des dents. Dès qu'une
mouche effleure ces poils, ils se rabattent sur
elle et l'enferment entre les mâchoires gluantes.
Terrorisée, la mouche se débat, mais le piège se
resserre sur elle et la plante, lentement, lentement, la digère jusqu'à disparition complète.

Dans l'obscurité qui se refermait sur eux à
mesure qu'expiraient les bougies, les enfants se
sentaient comme la mouche prise au piège. Tout
se passait comme si l'horrible incendie qui les
avait faits orphelins n'avait été que le début de
la fermeture des mâchoires. Ils avaient voleté
de place en place – chez le comte Olaf, chez
l'oncle Monty, chez tante Agrippine – mais l'in-
fortune se refermait sur eux, elle resserrait le
piège, et avant longtemps, sans doute, tous les
trois finiraient par se dissoudre dans le néant.

— On pourrait déchirer la lettre, suggéra
Klaus brusquement. Mr Poe ne saurait rien des
dernières volontés de tante Agrippine. Ça nous
éviterait de finir aux mains du capitaine Sham.

— Mais j'ai déjà dit à Mr Poe que tante Agrippine avait laissé un billet.

— On pourrait faire un faux, reprit Klaus inspiré. On réécrirait tout ce qu'elle a écrit, sauf le truc sur le capitaine Sham. Ça s'appelle un faux en écriture.

— Aha ! lança Prunille de sa petite voix aiguë.

Aha était l'un de ses mots favoris et, contrairement au reste de son vocabulaire, il se passait de traduction. Dans la bouche de Prunille, *Aha* signifiait la même chose que pour vous et moi : « Ah mais oui ! Vu ! Compris ! C'est bon sang vrai ! Que n'y ai-je songé plus tôt ? » et autres exclamations du type « Euréka ! J'ai trouvé ! »

Violette comprit au quart de tour.

— Pardi : un faux en écriture ! C'est ce qu'a fait le capitaine Sham. C'est *lui* qui a écrit cette lettre, et pas tante Agrippine !

Le regard de Klaus s'éclaira derrière ses lunettes.

— Bon sang. Mais bien sûr !

— Ça explique « inssupportable » avec deux *s*, dit Violette.

— Ça explique « s'il vous plait » sans accent

77

circonflexe sur le *i* de « plaît », renchérit Klaus.

— Liyip ! s'écria Prunille, ce qui signifiait sûrement : « Ça explique tout. Le capitaine Sham a poussé tante Agrippine par la fenêtre, et il a écrit ce billet pour camoufler son crime ! »

— Monstrueux, dit sobrement Klaus avec un serrement de cœur pour tante Agrippine, précipitée dans ce lac qu'elle redoutait tant.

— Vous vous rendez compte ? dit Violette. Vous imaginez de quoi il sera capable avec nous, si on se laisse faire ? Vivement l'arrivée de Mr Poe, qu'on puisse tout lui raconter.

À cette seconde, comme sur un coup de gong, la sonnette tinta. Violette se précipita vers l'entrée, avec un coup d'œil pour cette pauvre chaudière que tante Agrippine avait tant craint de voir exploser. Klaus la suivit, effleurant ces malheureuses poignées de porte que tante Agrippine avait tant craint de voir voler en éclats. Et, sur le seuil, Prunille eut un regard pour cet infortuné paillasson que tante Agrippine avait tant soupçonné de vouloir faire trébucher les gens. Pauvre tante Agrippine ! Elle avait pris mille précautions pour éviter les malheurs, et il lui était arrivé malheur tout de même.

Violette ouvrit la porte écaillée, et Mr Poe était là, dans la morne grisaille de l'aube.

— Mr Poe, dit Violette, et elle se tut.

Elle avait prévu de lui exposer d'emblée leur hypothèse du faux en écriture, mais lorsqu'elle le vit, debout sur le seuil avec son mouchoir blanc dans une main et sa petite serviette de cuir dans l'autre, les mots se coincèrent dans sa gorge.

Les larmes sont chose étrange. Comme les tremblements de terre et les marionnettistes ambulants, elles peuvent apparaître à tout moment, sans prévenir, sans raison valable.

— Mr Poe, balbutia Violette, et elle fondit en larmes, aussitôt imitée de Klaus et de Prunille.

Violette pleurait sans retenue, les épaules secouées de sanglots. Klaus pleurait sans retenue, ses lunettes glissant sur son nez. Prunille pleurait sans retenue, sa bouche ronde ouverte sur ses petites dents carrées. Alors Mr Poe déposa à terre sa serviette de cuir et rempocha son mouchoir blanc. Il n'était pas spéciale-ment doué pour réconforter les gens, mais il enlaça les orphelins de son mieux en murmu-rant « Allons ! Allons ! » comme on le fait en pareil cas (et nul ne saurait dire pourquoi, puisque personne ne va nulle part et qu'aller n'a rien de si réconfortant).

Mr Poe ne savait que dire pour consoler les enfants Baudelaire, mais je donnerais cher, quant à moi, pour voyager dans le temps et glisser un mot ou deux à ces orphelins éplorés. S'ils pleurent, bien sûr, c'est qu'ils croient morte leur pauvre tante Agrippine. Si je le pouvais, je leur dirais que leurs larmes, comme les tremblements de terre et les marionnettistes ambulants, sont apparues non seulement sans prévenir, mais encore sans raison valable. Hélas, le leur dire est impossible : je ne suis pas là-haut, à l'aube, dans la maison perchée au-dessus du lac Chaudelarmes ; je suis dans ma chambre, au cœur de la nuit, en train de rédiger ces lignes face à la fenêtre qui donne sur le cimetière. Je ne peux donc pas dire aux enfants Baudelaire qu'ils se trompent. Mais, tandis qu'ils sanglotent tous trois dans les bras de Mr Poe, je peux vous le dire à vous : tante Agrippine n'est pas morte.

Pas encore.

Chapitre Six

Mr Poe plissa le front, s'assit à la table, sortit son mouchoir et répéta :

— Faux en écriture ?

Les enfants lui avaient montré la grande baie pulvérisée, dans la bibliothèque sibérienne. Ils lui avaient montré le billet trouvé sur la porte. Ils lui avaient montré la carte de visite, avec sa grosse faute de grammaire.

— Faux en écriture ? répéta-t-il, sévère. C'est un délit gravissime.

— Mais moins grave qu'un meurtre, dit Klaus. Et le capitaine Sham a commis les deux. Il a assassiné tante Agrippine et fabriqué de toutes pièces une fausse lettre d'adieu.

Mr Poe ne comprenait pas.

— Mais pourquoi diantre ce capitaine Sham

se donnerait-il tant de mal pour vous prendre sous son aile ?

— On vous l'a dit, répondit Violette, muselant son impatience. Le capitaine Sham, en réalité, c'est le comte Olaf. Déguisé.

— Voilà de sérieuses accusations, dit Mr Poe d'un ton ferme. Je suis bien conscient que vous êtes passés par de terribles épreuves, mais j'espère que vous ne laissez pas votre imagination s'emballer. Souvenez-vous, du temps où vous viviez avec votre oncle Monty ! Déjà vous vous étiez mis en tête que son assistant, Stephano, était le comte Olaf déguisé.

— Mais *c'était* le comte Olaf déguisé ! se récria Klaus, outré.

— Là n'est pas la question. Ce que je voulais rappeler, c'est qu'il faut se méfier des conclusions hâtives. Si vous croyez vraiment que cette lettre est un faux, pas d'accusations gratuites, lançons plutôt une enquête. Quelque part dans cette maison, il doit bien y avoir un écrit tracé de la main de votre tante. Trouvons-le et comparons les écritures afin de voir si elles sont identiques.

— Nom d'une pipe ! s'écria Klaus. On n'y avait pas pensé !

Mr Poe sourit.

— Vous voyez ? Vous êtes des enfants surdoués, mais même les esprits supérieurs ont parfois besoin d'un banquier. Bon, et maintenant, où trouver un échantillon de l'écriture de votre tante ?

— À la cuisine ! se souvint Violette. Sa liste de courses. Elle l'y a laissée quand on est rentrés du marché.

— Toufi ! lança Prunille, ce qui signifiait clairement : « Allons la chercher ! »

La cuisine de tante Agrippine était petite et monacale. Un drap blanc recouvrait le fourneau – par mesure de sécurité, avait expliqué tante Agrippine lors de sa visite guidée. Il y avait un plan de travail sur lequel préparer ses soupes froides, un frigo dans lequel conserver ses soupes froides, et un évier dans lequel faire disparaître ses soupes froides quand personne n'en voulait plus. Sur le plan de travail traînait un petit papier : la liste de courses de tante Agrippine. Violette s'en saisit, Mr Poe alluma la lampe et Violette plaça côte à côte la liste d'emplettes et le billet pour voir en quoi les écritures différaient.

L'art d'analyser les écritures est avant tout

affaire d'expert. Ces experts se nomment graphologues et ils ont suivi des cours de graphologie, potassé des traités de graphologie, effectué des travaux pratiques en graphologie, passé des examens de graphologie afin d'obtenir leur diplôme de graphologie. Dans la situation présente, le recours à un graphologue aurait pu sembler nécessaire. Mais il est des circonstances où l'on peut se passer d'experts. Par exemple, si votre voisine se tourmente parce que son hamster ne pond pas, nul besoin d'un vétérinaire pour la rassurer pleinement. En règle générale, les hamsters ne pondent pas, il n'y a donc pas lieu de s'inquiéter.

Oui, certaines questions sont si simples que le premier venu est capable d'y répondre. En tout cas, Mr Poe et les enfants Baudelaire n'eurent pas à examiner longuement celle-ci : « Le billet d'adieu et la liste de courses sont-ils de la même écriture ? » Et la réponse était oui. Là où tante Agrippine avait écrit *Vinaigre* sur sa liste, les branches du *V* s'ornaient des mêmes volutes que le *V* de *Violette* sur la lettre. Là où elle avait écrit *Concombres*, le *C* majuscule se tortillait comme un ver de vase, et le même

84

tortillon se retrouvait dans le *C* de *Chers*. Là où elle avait écrit *Citrons*, le point sur le *i* était un petit ballon de rugby, et le même petit ballon flottait sur le *i* de *vie* et sur celui d'*insupportable*. Indéniablement, la liste de courses et le billet d'adieu étaient écrits de la même main – la main de tante Agrippine.

— Pas de doute possible, conclut Mr Poe. Ces deux écrits sont bien de votre tante.

— Mais... commença Violette.

— Il n'y a pas de mais. Voyez ces *V* à volutes. Voyez ces *C* qui se tortillent, ces points sur les *i* en forme de petits œufs. Je ne suis pas graphologue, mais je peux affirmer sans hésiter qu'ils ont été tracés par la même personne.

— C'est vrai, reconnut Klaus à regret. Le capitaine Sham y est pour quelque chose, j'en jurerais ; mais c'est bien tante Agrippine qui a écrit la lettre.

— Et cela, déclara Mr Poe, en fait un document légal.

— C'est-à-dire ? s'alarma Violette. On va être obligés d'aller vivre chez le capitaine Sham ?

— J'en ai bien peur. Ce genre de document a valeur de testament. Le défunt y exprime ses dernières volontés, et les dernières volontés doivent être respectées, c'est la loi. Vous étiez sous la tutelle de votre tante Agrippine, elle était donc parfaitement en droit de vous remettre en d'autres mains avant de sauter par la fenêtre. C'est fort choquant, j'en conviens ; mais c'est tout ce qu'il y a de plus légal.

— Vivre avec lui ? Jamais ! promit Klaus, farouche. Il n'y a pas pire que lui sur terre.

— Il va faire quelque chose d'horrible, c'est sûr, dit Violette. Lui, tout ce qui l'intéresse, c'est nos sous.

— Gruff ! cria Prunille, ce qui signifiait clairement : « Oh non ! par pitié, ne nous envoyez pas chez cet être abject ! »

— Je sais bien, reprit Mr Poe, vous n'avez pas ce capitaine Sham en haute estime. Malheureusement, je n'y peux pas grand-chose. La loi est la loi. Et, de par la loi, c'est lui votre nouveau tuteur.

— On s'échappera, prévint Klaus.

— Certainement pas, répliqua Mr Poe, sévère. Vos parents m'ont confié le soin de veiller à vous remettre légalement en de bonnes mains. Vous ne voudriez tout de même pas agir à l'encontre des vœux de vos parents ?

— Bien sûr que non, dit Violette, mais justem...

— En ce cas, soyez gentils, ne compliquez pas les choses. Songez à ce que diraient votre chère mère ou votre pauvre père, s'ils savaient que vous menacez de fuguer au lieu de rester sagement chez votre tuteur légal !

En vérité, bien évidemment, les parents Baudelaire auraient été horrifiés d'imaginer leurs enfants aux mains d'un capitaine Sham. Mais les enfants n'eurent pas le temps d'opposer cet argument à Mr Poe, car déjà il enchaînait :

— Bien. Maintenant, le plus simple est d'aller voir le capitaine Sham afin de régler les détails pratiques. Je lui passe un coup de fil immédiatement. Où avez-vous dit qu'était sa carte de visite ?

— Sur la table de la salle à manger, répondit Klaus, le front sombre.

Sitôt Mr Poe ressorti, les enfants se penchèrent de nouveau sur la liste de courses et le billet d'adieu.

— Je n'arrive pas à y croire, dit Violette. J'aurais pourtant juré que nous étions sur la bonne piste, avec cette idée de faux en écriture.

— Moi aussi, dit Klaus. Surtout que le capitaine Sham est là-dessous, j'en suis sûr. Un de ses coups tordus, un de plus. Mais encore plus tordu que d'habitude.

— Oui, dit Violette. Il va falloir jouer encore plus serré. Il faut absolument convaincre Mr Poe avant qu'il ne soit trop tard.

— On va peut-être avoir un peu de marge, suggéra Klaus plein d'espoir. Mr Poe a parlé de détails à régler. Ça pourrait prendre un certain temps.

Las ! à l'instant même, Mr Poe réapparut.

— Voilà. Je viens d'avoir le capitaine Sham au téléphone. Il a été très choqué d'apprendre le décès de votre tante, mais il est fou de joie à l'idée de vous élever. Nous avons rendez-vous avec lui, d'ici une demi-heure, dans un restaurant de la ville, et après déjeuner nous réglerons les détails de votre adoption. Dès ce soir, vous devriez pouvoir vous installer chez lui. C'est le genre d'affaire à mener rondement, à mon avis ; ce sera moins stressant pour vous.

Violette et Prunille, muettes d'horreur, ouvrirent de grands yeux sur Mr Poe. Klaus resta muet aussi, mais il avait les yeux ailleurs : sur le billet de tante Agrippine. Très absorbé derrière ses lunettes rondes, il fixait ce billet sans battre d'un cil.

Mr Poe tira son mouchoir blanc de sa poche et toussa dedans avec componction, mot compliqué qui signifie qu'il fit la chose solennellement, en prenant tout son temps. Aucun des enfants ne soufflait mot.

— Parfait, conclut Mr Poe. J'appelle un taxi. Inutile de descendre à pied ce raidillon interminable. Donnez-vous un coup de peigne, vous autres, et mettez vos manteaux, surtout. Le vent souffle fort, ce matin, et il n'a rien de chaud. Nous aurions une tempête bientôt que ça ne m'étonnerait pas.

Il repartit vers le téléphone et les enfants gagnèrent leur chambre, traînant les pieds. Mais au lieu de se donner un coup de peigne, Violette se tourna vers Klaus :

— Alors ? dit-elle.

— Alors *quoi* ?

— Il n'y a pas de *quoi* ? Tu es sur une piste, voilà quoi. Je le sais. J'ai vu la tête que tu faisais, à l'instant, en relisant le billet de tante Agrippine.

Bon, d'accord, c'était la cinquantième fois que tu le lisais, mais tu avais la tête de quelqu'un qui vient de faire une découverte. Alors, dis-le : c'est quoi ?

— Je n'en suis pas sûr à cent pour cent, répondit Klaus, parcourant ce billet pour la cinquante et unième fois. J'ai peut-être *commencé* à découvrir un truc. Un truc qui pourrait nous aider. L'ennui, c'est qu'il me faudrait du temps.

— Du temps, du temps ! Tu crois qu'on en a, du temps ? On descend en ville à l'instant, déjeuner avec le capitaine Sham.

— Si le temps nous manque, dit Klaus résolu, il faut en inventer.

— Les enfants ! appela Mr Poe depuis l'entrée. Notre taxi sera là dans une minute ! Enfilez vos manteaux et venez !

Avec un soupir exaspéré, Violette ouvrit la penderie et sortit les trois manteaux. Elle tendit le sien à Klaus et grogna, tout en boutonnant Prunille jusqu'au cou :

— *Inventer* du temps ? Et tu fais ça comment ?

— C'est toi l'inventrice, répondit son frère en remontant son col.

— Oui, eh bien, désolée, le temps, ça ne

s'invente pas. On peut inventer des objets, des tas d'objets, et les bricoler – une souffleuse de bulles de chewing-gum, un lave-lunettes à vapeur. Mais pour inventer du temps, bernique !

Elle était tellement certaine de ne pas pouvoir en inventer qu'elle ne noua même pas ses cheveux pour se dégager les yeux. Avec un haussement d'épaules, elle enfila son manteau. Mais, entre le deuxième et le troisième bouton, une idée lui vint soudain. Nouer ses cheveux, pas la peine. La solution, elle l'avait en poche.

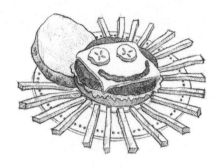

Chapitre VII

— **B**onjour, je suis Larry, votre serveur, déclara Larry, le serveur. C'était un petit bonhomme maigrichon, en costume de clown ridicule, avec un badge à la poitrine sur lequel était écrit : Larry. Il enchaîna d'une voix de robot :

— Bienvenue au *Clown Anxieux*, le restaurant où l'on rit, même quand on n'en a pas envie ! Oh oh ! la petite famille est au complet, je vois. Alors permettez-moi de vous recommander notre « Régal des familles nombreuses » : des tas de bonnes choses frites ensemble et nappées d'une sauce exquise.

— Excellente idée ! dit le capitaine Sham, souriant de toutes ses dents jaunes. Un « Régal des familles nombreuses » pour une gentille petite famille : la mienne.

— Euh, je prendrai seulement de l'eau, dit Violette.

— Moi aussi, dit Klaus. Et un verre de glaçons pour ma petite sœur, s'il vous plaît.

— Et pour moi, un grand crème, commanda Mr Poe. Avec du lait écrémé, je vous prie.

— Oh ! Mr Poe ! protesta le capitaine. Partageons plutôt une bonne bouteille, vous et moi ! Un grand vin rouge, qu'en diriez-vous ?

— Euh, non merci, capitaine. Jamais pendant mes heures de bureau.

— Mais c'est un repas de fête ! plaida le capitaine. Buvons au moins à la santé de mes trois nouveaux enfants. Pas tous les jours qu'on devient papa, que diantre !

Mr Poe leva les deux mains.

— Je vous en prie, capitaine. C'est un plaisir de vous voir aussi enthousiaste à l'idée d'élever les jeunes Baudelaire, mais ces enfants, comprenez-le, sont un peu tourneboulés. Ce qui vient d'arriver à leur tante...

Alors le capitaine changea à vue d'œil, plus prestement qu'un caméléon. Sa mine s'allongea de plusieurs centimètres, il écrasa une larme sous son bandeau et dit avec des trémolos :

— Moi aussi, vous savez, je suis tourneboulé. Tout retourné. Chamboulé. Pauvre chère Agrippine. C'était l'une de mes plus précieuses amies. L'une des plus anciennes aussi.

— Vous l'aviez rencontrée *hier*, rappela Klaus. Sur le marché.

— Oui, on jurerait que c'était hier, soupira le capitaine Sham. Mais en réalité, c'était il y a des années. Nous nous étions connus à un cours de cuisine. Nous étions partenaires de fourneau dans la section « Pâtissiers confirmés ».

— Partenaires de fourneau ? se récria Violette. Avec tante Agrippine ? Sûrement pas ! Tante Agrippine avait la phobie des fourneaux. L'idée de s'approcher d'un fourneau allumé suffisait à l'épouvanter. Jamais elle n'aurait pris de cours de cuisine, sauf peut-être pour des salades crues ou des soupes glacées.

— Nous étions très vite devenus amis, poursuivit le capitaine imperturbable. Un jour, je me souviens, elle m'avait dit : « Julio, si jamais j'adoptais des orphelins et si, par la suite, je venais à disparaître, jure-moi que tu les élèverais à ma place. »

— Quelle histoire navrante, dit Larry, et chacun se retourna pour le retrouver planté là, crayon en suspens au-dessus de son carnet de commandes. Pardon, m'sieurs-dames, je n'avais pas saisi qu'il s'agissait d'une occasion triste. En ce cas, permettez-moi de vous recommander plutôt notre « Remonte-moral au fromage » : c'est un croque-monsieur au cheddar sur lit de frites, avec sourire en ketchup et deux yeux en rondelles de cornichon. De quoi vous rendre le sourire, garanti par la maison !

— Riche idée, Larry, déclara le capitaine. Cinq « Remonte-moral au fromage », cinq !

— Ça roule ! promit le serveur, et il disparut enfin.

— Soit, se résigna Mr Poe. Mais ensuite, capitaine, j'ai des papiers importants à vous faire signer. Ils sont là, dans ma serviette, nous les examinerons sitôt après manger.

— Et les enfants seront à moi ?

— Vous en aurez la tutelle, oui, dit Mr Poe. Naturellement, la fortune Baudelaire reste

entièrement gérée par ma banque jusqu'à la
majorité de Violette.

Le capitaine Sham arqua son sourcil.

— Fortune ? Quelle fortune ? Jamais
entendu parler de fortune.

— Doumpiche ! s'écria Prunille, ce qui signifiait à l'évidence : « Grand menteur ! »

— Les parents Baudelaire, expliqua Mr Poe,
ont laissé une immense fortune, dont les enfants
hériteront à la majorité de Violette.

— Ah baste ! dit le capitaine. Une fortune ?
Aucun intérêt pour moi. J'ai mes bateaux,
voyez-vous. Loin de moi l'idée de toucher à un
seul de ces sous.

— À la bonne heure ! se réjouit Mr Poe.
Car de toute manière vous ne *pourrez* pas y
toucher. Pas à un centime.

— C'est ce qu'on verra, marmotta le capitaine très bas.

— Pardon ? demanda Mr Poe.

— Cinq « Remonte-moral au fromage »,
cinq ! annonça une voix de robot, et Larry réapparut avec la commande sur un plateau, cinq
croque-monsieur grimaçants, tout dégoulinants
de graisse. Bon appétit, m'sieurs-dames !

Comme la plupart des restaurants bardés de ballons et de néons clignotants, le *Clown Anxieux* servait une cuisine infâme. Mais les enfants n'avaient rien avalé depuis la veille, et rien mangé de chaud depuis des jours. Aussi, malgré l'angoisse et malgré le chagrin, ils se découvrirent très vite une faim de loup. Un ange passa au-dessus de la table – simple façon de dire que tout le monde se tut –, suivi d'un vol d'anges au complet. Puis Mr Poe entreprit de raconter une histoire assommante, qui s'était déroulée à sa banque. Mr Poe était tellement occupé à raconter, Klaus et Prunille tellement occupés à faire semblant d'écouter, et le capitaine Sham tellement occupé à s'empiffrer qu'aucun d'eux ne vit à quoi s'occupait Violette.

Un quart d'heure plus tôt, en enfilant son manteau, là-haut, chez tante Agrippine, Violette avait senti une bosse dans sa poche. Les pastilles ! Les pastilles de menthe offertes par Mr Poe, sur le quai de Port-Damoclès ! C'est alors qu'elle avait eu une idée, une idée pour inventer du temps. Et à présent, tandis que Mr Poe débobinait son récit embrouillé, Violette ouvrait – tout doux, tout doux – le sachet de pastilles au fond de sa poche.

Allons bon ! c'étaient de ces pastilles enve-
loppées chacune dans du papier de bonbon cris-
sant. Mains sous la table, en catimini, Violette
entreprit d'en déballer trois, en faisant tout son
possible pour empêcher le papier de crisser (de
ce crissement si exaspérant au cinéma ou au
théâtre, surtout quand ce sont les bonbons du
voisin et qu'on n'a rien pour rendre la pareille).

Enfin, Violette se retrouva avec trois pastilles
de menthe sur les genoux, au creux de sa serviette.
Toujours en catimini, elle en glissa une sur la
serviette de Klaus, une autre sur celle de Prunille.
Chacun d'eux, sentant quelque chose, baissa
les yeux et, à la vue d'une pastille de menthe,
décida que Violette venait de perdre la tête.

Moins d'une minute plus tard, tous deux
avaient compris.

Lorsqu'on est allergique à une chose, mieux
vaut éviter de fourrer cette chose dans sa bouche
– surtout en cas d'allergie aux chats. Mais
Violette, Klaus et Prunille savaient qu'il y avait
urgence. Il leur fallait du temps, du calme et du
silence pour tenter d'y voir clair et de déjouer
les plans de l'infâme capitaine Sham. S'offrir
une crise d'allergie est certes un moyen violent

et assez peu plaisant de s'assurer un moment de tranquillité, mais les enfants n'en voyaient pas d'autre. Aussi, profitant d'un instant où Mr Poe et le capitaine n'avaient d'yeux que pour leur assiette, tous trois enfournèrent les pastilles dans leur bouche et attendirent.

Les allergies Baudelaire étaient connues pour leur fulgurance, et le résultat ne se fit guère attendre. En trois minutes chrono, Violette se couvrit de plaques rouge vif qui la démangeaient furieusement ; la langue de Klaus se mit à enfler comme un soufflé ; et Prunille, dont c'était la première pastille de menthe, se couvrit de plaques rouge vif *et* sentit sa langue enfler.

Mr Poe acheva de conter son histoire fleuve. Alors seulement il s'aperçut que quelque chose clochait terriblement.

— Mais... les enfants ! Dans quel état vous êtes ! Qu'est-ce qui vous arrive ? Violette, tu es couverte de plaques rouges ! Klaus, tu as la langue tout enflée, à moitié sortie de ta bouche ! Prunille, tu as les deux à la fois !

— Sans doute une allergie à quelque chose qu'on vient de manger, dit Violette.

— Bonté divine, s'émut Mr Poe, les yeux sur

100

une plaque rouge qui prospérait à vue d'œil sur le poignet de Violette.

— Respirez bien à fond, voilà tout, conseilla le capitaine Sham sans lever les yeux de son assiette.

— Je me sens vraiment mal, dit Violette, tandis que Prunille se mettait à pleurer. Je crois que nous ferions mieux de rentrer à la maison et de nous étendre un peu, Mr Poe.

— Renversez-vous contre le dossier de votre chaise, ça suffira bien, grogna le capitaine Sham. Aucune raison de partir comme ça au milieu d'un repas.

— Capitaine, dit Mr Poe, ces enfants sont vraiment mal en point. Violette a raison, il vaut mieux qu'ils rentrent. Je vais payer l'addition et les raccompagner là-haut.

— Oh ! pas la peine ! dit Violette très vite. Nous allons prendre un taxi. Restez ici, tous les deux, et réglez les détails à régler.

Le capitaine Sham lui jeta un regard aigu.

— Vous laisser partir seuls ? dit-il d'un ton sombre. Jamais.

— Vous savez, lui rappela Mr Poe, nous avons en effet des monceaux de formulaires à remplir. Et ce n'est pas comme s'il était question de les laisser seuls longtemps.

Tout en parlant, il regardait son assiette à moitié pleine ; il lui en coûtait de l'abandonner pour aller jouer les nounous.

— Nos crises d'allergie ne sont jamais très graves, dit Violette en se levant de table, imitée de ses cadets à la langue en ballon. Nous allons juste nous allonger une heure ou deux. Pendant ce temps-là, vous autres, finissez tranquillement de manger. Quand vous en aurez terminé de vos papiers, vous reviendrez nous chercher.

Le capitaine Sham leva vers eux son œil luisant, plus luisant encore que dans tous les souvenirs de Violette.

— Comptez sur moi, dit-il. Je viendrai vous chercher. À très, très bientôt.

— À tout à l'heure, les enfants ! dit Mr Poe. Et remettez-vous vite. Si vous saviez, capitaine, nous avons un courtier, à ma banque, qui fait de spectaculaires crises d'allergie. Tenez, pas plus tard que lundi dernier...

— Vous partez déjà ? s'étonna Larry en croisant les enfants qui boutonnaient leurs manteaux.

Dehors, le vent avait encore forci et une petite bruine poissait les pavés de poussière d'eau. L'ouragan Herman approchait. Pourtant, les enfants trouvaient bon d'être sortis du *Clown Anxieux*, et pas seulement parce que ce restaurant criard (« criard » signifie ici : « bourré de néons, de ballons et de serveurs détestables ») était littéralement bourré de néons, de ballons et de serveurs détestables. Non, ils étaient soulagés parce qu'ils venaient de s'inventer un peu de temps, du temps rien que pour eux, et qu'ils en avaient besoin jusqu'à la dernière seconde.

Chapitre VIII

Quand les gens ont la langue enflée en raison d'une allergie, ce qu'ils disent est rarement très clair.

— *Bleh bleh bleh, bleh-bleh*, déclara Klaus à la descente du taxi, suivant ses sœurs vers la porte écaillée.

— Rien compris à ce que tu viens de dire, répondit Violette en grattant furieusement une plaque rouge sur sa nuque, au contour exact de l'État du Minnesota.

— *Bleh bleh bleh, bleh-bleh*, reprit Klaus avec véhémence.

— Laisse tomber, va. Pas d'importance, conclut Violette en poussant la porte. Maintenant, en tout cas, tu l'as, le temps qu'il te fallait pour démêler ce que tu voulais démêler.

— *Bleh bleh bleh*, bléha Klaus.

— Toujours pas compris un mot, dit Violette.

Elle enleva son manteau à Prunille, retira le sien et les laissa tous deux par terre en petit tas. En temps ordinaire, bien sûr, elle les aurait suspendus sur un cintre ou accrochés à une patère. Mais une crise d'urticaire est un tel supplice qu'on en oublie les bonnes habitudes.

— Rien compris du tout, lança-t-elle à Klaus, mais tu disais que tu étais d'accord, c'est ça ? Maintenant, si tu veux bien, et si tu n'as pas besoin de notre aide, nous allons prendre un bain au bicarbonate de soude, Prunille et moi. Peut-être que ça soulagera un peu ces démangeaisons atroces.

— *Bleh* ! jappa Prunille.

En fait, elle voulait crier « Gaucho ! », c'est-à-dire, en gros : « Bonne idée, parce que ça me gratte, ça me gratte, ça me gratte ! » Mais elle avait la langue trop enflée.

— *Bleh*, fit Klaus en acquiesçant vigoureusement, et il s'éloigna d'un pas vif.

Il n'avait pas enlevé son manteau, mais ce n'était pas par paresse, ni à cause de sa crise d'allergie. Simplement, l'endroit où il allait était mal chauffé.

Lorsqu'il ouvrit la porte de la bibliothèque, Klaus eut un petit choc. Les dégâts s'étaient fortement aggravés. L'avant-garde de l'ouragan avait achevé d'arracher les tout derniers pans de vitrage, la pluie avait aspergé les fauteuils, créant de grandes auréoles sombres. Sous l'assaut des rafales, plusieurs livres avaient roulé au sol et gisaient là, gorgés d'eau. Il est peu de visions plus désolantes que celle d'un livre bon à jeter, mais Klaus n'avait pas le temps de se désoler. Le capitaine Sham allait revenir ; il n'y avait pas un instant à perdre.

Il commença par tirer de sa poche le billet d'adieu de tante Agrippine et le posa sur la table, lesté de gros livres aux quatre coins afin de résister au vent. Puis il alla se planter devant les étagères et parcourut les titres du regard, à la recherche des plus prometteurs. Après réflexion, il en choisit trois : un gros manuel de grammaire, un énorme dictionnaire et un épais traité d'orthographe. Chacun de ces ouvrages pesait plus qu'un potiron et Klaus tituba sous leur poids en les emportant vers la table. Il s'en délesta en marmottant « Bleh », se trouva un stylo noir, un stylo rouge et se mit à l'ouvrage.

En temps ordinaire, une bibliothèque est un merveilleux endroit où travailler l'après-midi ; mais pas lorsqu'une baie vitrée a cessé d'être vitrée, et encore moins lorsqu'un ouragan s'annonce. Le vent se renforçait de minute en minute, la pluie avait doublé le calibre de ses gouttes et la pièce se faisait de moins en moins hospitalière. Mais Klaus n'y prenait pas garde. Il compulsait ses trois grimoires, prenait des pages et des pages et des pages de notes, ne s'interrompant que pour entourer de rouge tel ou tel détail du billet de tante Agrippine. Dehors, le tonnerre s'était mis à gronder et chaque roulement faisait frémir la maison entière. Mais Klaus, imperturbable, tournait les pages et prenait des notes.

Enfin, juste comme les éclairs commençaient à fêler le ciel d'ardoise, Klaus referma ses livres et, le front plissé, scruta encore un instant le billet sous son nez. Pour finir, il écrivit deux mots tout au bas de la feuille.

Il se concentrait si fort que, lorsque Violette et Prunille entrèrent dans la pièce et l'appelèrent doucement, il faillit tomber de sa chaise.

— Bleh fait peur ! bredouilla-t-il, le cœur

tambourinant mais la langue déjà moins pâteuse.

— Oh pardon ! dit Violette. Ce n'était pas voulu.

— Bleh bain bicarbobleh ?

— Non. Pas pu. Pour la bonne raison que, du bicarbonate, on n'en a pas trouvé. Rien d'étonnant, remarque : ça sert à faire les gâteaux au four et, des gâteaux au four, tante Agrippine ne risquait pas d'en faire. Alors tant pis, on s'est pris un bain tout bête. Et toi, ça va ? Mais pourquoi tu es ici, à geler ? Et pourquoi ces gribouillis rouges sur le billet de tante Agrippine ?

— Bleh grammaire, répondit Klaus, désignant les livres. Et orthobleh.

— Bleh ? fit Prunille, ce qui signifiait clairement : « Glip ? », autrement dit : « Pourquoi gaspiller un temps précieux à bûcher des livres ennuyeux ? »

— Parce que bleh, répondit Klaus. Tante Agribleh message.

— Oh ! son message est très clair, dit Violette avec un frisson. Elle était trop malheureuse, alors elle s'est jetée par la fenêtre.

— Mais quelque chose me bleh, dans ce message, dit Klaus dont la langue désenflait à vue d'œil. Il est bourré de fautes d'orthobleh et de grammaire. Tante Blehpine aimait l'orthographe. Elle aimait la grambleh. Pour bleh toutes ces fautes, elle avait sûrement une raison. C'est ce que j'ai bleh : compté les fautes.

Klaus essuya une goutte de pluie sur ses lunettes et se pencha vers ses notes.

— Bleh ! fit Prunille, ce qui signifiait sûrement : « Continue, on t'écoute. »

— Voilà. Nous savons déjà bleh premières lignes bleh grosses fautes.

— Tu nous l'as déjà dit, soupira Violette. *Inssupportable* avec deux *s*.

— Et *plait* sans chapeau sur le *i*. Et *quelque* en un seul mot, au lieu de *quelle que* en deux mots. Et ce sont de grosses fautes. Des fautes que jamais tante Agrippine n'aurait faites.

— N'empêche qu'elle les a faites.

— Oui, mais pas par hasard. Pour nous faire passer un message.

— Un message ? Un accent en moins, une lettre en trop et deux mots collés ? Un peu maigre, comme message, non ?

— Attends, regarde la suite. « À l'évidance… » Elle a mis un *a* à *évidence* !

— C'est peut-être un *e* mal fait. Elle devait écrire vite, tu sais.

— Bon, la suivante. Elle a écrit : « vos autres enfants ». Je n'ai pas d'enfants. Toi non plus.

— Non, dit Violette. Et pas l'intention d'en avoir de sitôt.

— Donc, c'est « *vous* autres enfants » qu'il faut lire ! Et juste après : « je trouvais cette vie constament plus *fatiguante*. »

— Vu. Un *m* qui manque à *constamment*. Bon, mais tu sais, elle n'avait sans doute pas le temps de compter les lettres...

— Ah oui ? C'est pour ça qu'elle a pris le temps d'ajouter un *u* à *fatigante* ? Une faute de plus, d'accord ?

— Bouzig ! cria Prunille, ce qui ne signifiait sans doute pas « d'accord ! » mais plutôt : « Tout ça me donne le tournis ! »

— À moi aussi, Prunille, dit Violette, soulevant sa petite sœur pour l'asseoir sur la table. Mais laissons-le terminer.

— Plus que bleh fautes, annonça Klaus, levant deux doigts. Un, elle a écrit : « Je vais *retrouvé* mon cher Ignace. » Avec un *é*, comme si on pouvait dire « je vais vend*u* » !

— Elle était bouleversée, tu sais. Des fautes d'inattention, tout le monde peut en faire.

— Admettons, mais ça bleh beaucoup, pour une mordue de grammaire. Et des fautes voyantes comme ça ! Tu ne crois pas que c'est plutôt pour nous signaler : « Attention, message codé » ?

— Message codé ? dit Violette. Tu m'excuseras, mais je ne le vois toujours pas, ton message.

— Moi non plus, je ne le voyais pas. Bleh pour ça que j'ai cherché. Bon, plus qu'une. « Et ma *viduitée* prendra fin. » J'ai regardé « viduité » dans le dico.

— Mais tu le savais, ce que ça veut dire : veuvage. Même que c'est toi qui me l'avais soufflé, l'autre jour.

— Regarde plutôt comment elle écrit ça. Avec un *e* au bout. Alors qu'il n'en faut pas. Pas plus qu'à *vérité, qualité* et les autres. Et elle le savait, tu penses !

— Bon, mais qu'est-ce que ça prouve ? Sinon qu'elle n'avait plus toute sa tête ?

Klaus sourit, énigmatique.

— Au contraire, elle l'avait ! Lis ça. (Il tapotait le bas du billet, où il avait griffonné deux mots.) *Île Saumure.*

— Île quoi ? demanda Violette.

— Ivik ? fit Prunille.

— Île Saumure. Si on met bout à bout les lettres en trop ou en moins, bleh ce qu'on obtient : île Saumure. Pouvez vérifier. *Î* pour plaît – *LE* pour *quelle que* – *S* pour *insupportable* – *A* pour *évidence* – *U* pour *vous* – *M* pour *constamment* – *U* pour *fatigante* – *R* pour *retrouver* – *E* pour *viduité* : *ÎLE SAUMURE.* Vu ? Tante Agrippine a fait ces fautes exprès, elle comptait sur nous pour les repérer ! Elle nous a bleh un message, et le message est *île Sau...*

À cet instant, une rafale furieuse s'engouffra par la baie béante et la pièce entière joua des castagnettes. Tout se mit à ballotter, à bringuebaler, à s'entrechoquer tant et plus. La rafale suivante, forcenée, mit à bas chaises et fauteuils. Les étagères, prises de hoquets, vomirent des livres en cascade. Les trois enfants, jetés au sol, virent un éclair baigner de vert ce triste spectacle.

— Vite ! cria Violette par-dessus le roulement du tonnerre. Filons !

Elle empoigna Prunille d'une main, son

frère de l'autre et les entraîna vers la porte.

La démence du vent était telle que, pour sortir de cette bibliothèque, il leur fallut batailler autant que pour gravir un talus de chemin de fer. Le temps de gagner le couloir et de claquer la porte sur cette soufflerie déchaînée, ils étaient tous trois hors d'haleine.

— Pauvre tante Agrippine, murmura Violette. Sa bibliothèque est dévastée.

— Il faut pourtant que j'y retourne ! dit Klaus. C'est bien joli d'avoir déchiffré « île Saumure », mais reste à trouver où ça nous mène !

— Tu ne trouveras pas ça dans cette bibliothèque, le prévint Violette. Tu sais bien, tante Agrippine n'y rangeait que ses livres de grammaire. Non, ce qu'il nous faut, ce sont ses bouquins sur le lac Chaudelarmes.

— Tu crois ?

— Absolument. Je mettrais ma tête à couper que cette île Saumure est une île du lac. Tu te rappelles ? Elle nous avait dit qu'elle connaissait le lac comme sa poche, avec toutes ses îles et toutes ses grottes.

— Mais qu'irait faire une île du lac dans un message secret ?

— Mon pauvre vieux, dit Violette. Tu t'es tellement torturé les méninges pour déchiffrer ce message que tu ne vois même pas ce qu'il cherche à dire. Moi, j'ai ma petite idée. Tante Agrippine n'est pas morte. Elle veut seulement que les gens la *croient* morte. Mais nous, elle a voulu nous indiquer où elle allait. Trouvons ses livres sur le lac et dénichons cette île Saumure.

— Dénicher, dénicher, marmonna Klaus. À condition de dénicher ces fameux bouquins d'abord ! Elle nous a dit qu'elle les avait cachés, tu te souviens ? Pour ne plus les avoir sous les yeux.

Prunille lança un cri, sans doute approbateur, mais qu'un claquement de tonnerre noya entièrement.

— Réfléchissons, dit Violette. Quand on ne veut plus voir quelque chose, quelle est la meilleure cachette ?

Les trois enfants se turent, le temps de réfléchir aux oubliettes où ils avaient naguère jeté les objets à faire disparaître, du temps où ils vivaient heureux dans la grande maison parentale.

Violette se souvint d'un harmonica de son invention, qui émettait de si vilains sons qu'elle l'avait camouflé quelque part pour ne plus avoir ce criant échec sous les yeux. Klaus se souvint d'une *Histoire de la guerre franco-russe* qui s'était révélée si ardue qu'il l'avait dissimulée afin d'oublier qu'il était trop jeune pour la lire. Et Prunille se souvint d'un galet si dur que même ses dents de castor avaient crié grâce, si bien qu'elle l'avait caché pour ne plus s'y meurtrir les gencives. Et tous trois se souvenaient parfaitement de l'endroit choisi pour escamoter l'objet offensant.

— Sous le lit, dit Violette.

— Sous le lit, dit Klaus.

— Soukayi, dit Prunille.

Et, sans un mot de plus, ils coururent à la chambre de tante Agrippine. En principe, il est impoli d'entrer dans la chambre de quelqu'un sans frapper, mais on peut faire exception lorsque ce quelqu'un est décédé ou fait semblant de l'être, aussi les trois orphelins entrèrent-ils sans cérémonie.

La chambre de tante Agrippine ressemblait beaucoup à la leur, avec son couvre-lit bleu et sa pile de boîtes de conserve dans un angle. Une petite fenêtre donnait sur la pluie, et une pile de livres neufs garnissait la table de nuit, manuels de grammaire que tante Agrippine s'était promis de lire mais ne lirait sans doute jamais.

Pour les enfants, seul importait le dessous du lit, et tous trois plongèrent à quatre pattes afin d'inspecter l'endroit.

Tante Agrippine, apparemment, refusait d'avoir sous les yeux bon nombre d'objets. Il y avait là une batterie de casseroles, bannies parce qu'elles lui faisaient penser au fourneau. Il y avait là des chaussettes dont quelqu'un lui avait fait cadeau, trop hideuses pour un regard humain. Il y avait là une photo dans un cadre, le portrait d'un monsieur à l'air très doux, apparemment en train de siffloter, un petit-beurre à la main – l'oncle Ignace, sans doute possible, et s'il était là, bien sûr, c'est que tante Agrippine avait trop de chagrin à sa vue. Enfin, derrière une grosse marmite, il y avait toute une pile de livres et de brochures, que les enfants s'empressèrent de tirer de leur cachette.

— *Marées du lac Chaudelarmes*, lut Violette à voix haute. Aucun intérêt pour nous.

— *Les Fonds du lac Chaudelarmes, cartes baty-*

métriques, lut Klaus. Pas trop pour nous non plus.

— *La Truite caldalacrymienne*, lut Violette.

— *Port-Damoclès et son histoire*, lut Klaus.

— *Ivan Chaudelarmes, explorateur*, lut Violette.

— *L'Eau douce et ses composants*, lut Klaus.

— *Atlas complet du lac Chaudelarmes*, lut Violette.

Klaus bondit.

— *Atlas ?* Parfait ! Vi...

Un claquement de tonnerre doublé d'un éclair lilas avala la fin de sa phrase et la pluie redoubla de frénésie, à croire qu'un géant vidait son sac de billes sur le toit. Dans la panique, Klaus feuilletait l'atlas au hasard.

— Bon sang ! Tout ça de pages ! Il va nous falloir des heures pour trouver cette île Saumure !

— Des heures ? dit Violette. J'espère bien que non ! Si ça se trouve, le capitaine Sham est déjà en route pour ici. Regarde à la fin, il y a bien un index ?

Un index, comme chacun sait, est la liste alphabétique des mots importants d'un ouvrage, avec les numéros des pages où figurent ces mots. Un atlas sans index serait comme un phare sans lanterne. Klaus trouva l'index et fit glisser son

doigt le long de la colonne des *i*. Allons, bon !
Pas d'*île* en vue. Pourtant, le lac en comptait des
dizaines !

— À *Saumure*, peut-être ? suggéra Violette.

Klaus reprit l'opération, marmottant à mi-
voix :

— *Salami*, cap ; *Salé*, pic ; *Salière*, phare
de la… ; *Salinas*, monts ; *Saulnières*, archipel
des ; *Saumâtre*, rivière ; *Saumure*, île – la voilà !
Île Saumure, 104, G 7.

Vite, il trouva la page 104 et se plongea dans
l'inspection du carré G 7.

— Île Saumure, île Saumure, où es-tu ?

— Là ! s'écria Violette en posant le doigt
dessus comme pour l'empêcher de s'envoler.
Regarde : de l'autre côté du lac, juste en face
de Port-Damoclès, à l'ouest du phare… phare
de la Salière. Ce n'est même pas vraiment une
île, plutôt une presqu'île, apparemment reliée
à la terre par une chaussée. Oh, et tu as vu, sur
cette presqu'île ? Grotte Caillebotte ! L'abri
rêvé. On y va !

— On y va ? Tu plaisantes ! Et comment
on traverse le lac ?

— Avec le ferry, dit Violette, retraçant du

doigt une ligne pointillée sur la carte. Regarde :
le ferry va tout droit au phare de la Salière.
À partir de là, on fera le reste à pied.

— Et le port, on y va comment ? À pied ?
Par ce temps ?

— Si tu as une autre solution... Pas comme
si on avait le choix ! Il faut nous dépêcher de
prouver que tante Agrippine est vivante, sans
quoi le capitaine Sham nous met le grappin
dessus, c'est tout cuit.

— Espérons... commença Klaus, mais il se
tut net et indiqua la fenêtre. Regardez !

Violette et Prunille regardèrent. Par la
petite fenêtre de la chambre, on avait vue sur
l'un des jambages arrimant la maison à la
roche, l'une de ces longues échasses – entre
patte d'araignée et baleine de parapluie – qui
l'empêchaient de culbuter dans le lac. Et ce
qu'on en voyait n'inspirait pas confiance !
Malmené par la tempête, le jambage avait pris
une vilaine courbure, pour ne rien dire d'une
grande tache noire probablement due à la
foudre. Sous l'acharnement des bourrasques,
on le voyait s'arc-bouter dans un effort
désespéré pour rester arrimé à la roche.

— Tafka ! cria Prunille de sa voix suraiguë, autrement dit : « Décampons ! »

Klaus referma l'atlas et le serra contre lui, s'interdisant de penser à ce qui se serait passé s'il n'avait pas levé le nez. Tous trois s'élancèrent vers la porte, mais le vent, pris de rage, secoua la maison un bon coup et les fit tomber comme des quilles. Violette alla rouler contre un pied de lit et s'y cogna le genou. Klaus alla rouler contre un mur et s'y cogna la cheville. Prunille alla rouler contre la pile de boîtes qui ne demandait qu'à s'écrouler et qui s'écroula. Ils se remirent sur pied, chancelants, mais la pièce entière resta de guingois, à la façon d'un bateau qui gîte.

— Vite ! hurla Violette, prenant Prunille sous le bras comme un paquet de linge sale.

Ils se jetèrent dans le couloir en direction de l'entrée. Par un pan de toit arraché, la pluie douchait le linoléum à jet continu. La maison eut un nouveau soubresaut, et les enfants se retrouvèrent à terre une fois de plus.

La maison de tante Agrippine divorçait de son piton !

— Vite ! hurla de nouveau Violette, serrant Prunille contre elle.

Affolés, Klaus et elle trébuchaient à chaque pas, les jambes molles de terreur sur le plancher incliné. Klaus fut le premier à la porte, il l'ouvrit d'un coup sec et la maison répondit d'un sursaut sinistre, suivi d'un interminable craquement.

— Vite ! hurla Violette pour la troisième fois.

Et ils sortirent, pliés en deux, sur le piton battu de pluie glacée.

Ils étaient gelés. Terrifiés. Mais saufs.

J'ai vu bien des choses renversantes au cours de ma longue vie chaotique. J'ai vu une suite de corridors entièrement tapissés de crânes humains. J'ai vu un volcan vomir sa lave et engloutir un petit village. J'ai vu un aigle démesuré emporter une femme que j'aimais jusqu'à son aire au sommet d'un pic. Pourtant, j'ai beau me torturer l'esprit, je n'arrive pas à imaginer quel effet cela peut faire de voir la maison où l'on vivait basculer, tête la première, vers un lac en contrebas.

Il ressort de mon enquête que les enfants n'émirent pas un son en regardant la porte écaillée se refermer en claquant, puis se gondoler bizarrement, boule de papier dans une main de géant. Je tiens pour certain qu'ils se firent tout petits, blottis les uns contre les autres, lorsqu'un craquement déchirant annonça que la maison s'arrachait de son support. Mais j'ignore ce qu'ils ressentirent en voyant la bâtisse entière se détacher comme un fruit mûr, basculer et faire la culbute, droit vers les eaux fébriles qui l'attendaient en bas.

Chapitre IX

Aux États-Unis, la Poste a une devise : « Ni pluie, ni neige, ni grésil ne nous empêcheront jamais de distribuer le courrier. » Autrement dit, même par un temps à ne pas mettre un canard dehors, votre facteur ou votre factrice, sourd à ses rêves de pantoufles et de chocolat chaud, prendra sa sacoche à l'épaule et affrontera les éléments afin de nourrir votre boîte aux lettres.

Hélas, pareil sens du service est rare. Et les enfants Baudelaire furent bien déçus de découvrir que les Ferries Tournevire n'avaient pas la même devise.

Ils avaient descendu le coteau au prix d'immenses difficultés. L'ouragan se faisait démentiel – et n'avait clairement qu'un but, les précipiter au bas de la pente. Dans la panique finale, ni Violette ni Prunille n'avaient eu le temps de prendre leur manteau, si bien que les trois enfants se partageaient celui de Klaus à tour de rôle tout en descendant, cahin-caha, la route étroite changée en torrent. Chaque fois qu'un véhicule s'annonçait – il n'en passa qu'un ou deux –, ils se jetaient sur le bas-côté, de peur de se retrouver nez à nez avec le capitaine Sham. Lorsque enfin ils atteignirent le port, claquant des dents, les orteils congelés, la vue du panonceau « FERMÉ » sur le guichet des Ferries Tournevire leur planta un couteau dans le cœur.

— *Fermé !* lut Klaus avec des aigus dans la voix, tant pour cause de désespoir que pour dominer le bruit du vent. Bon, et maintenant, comment on fait pour aller sur l'île Saumure ?

— On attend que ça rouvre, dit Violette.

— Mais ça ne rouvrira pas avant la fin de la tempête ! Et, d'ici là, le capitaine Sham nous aura mis le grappin dessus. Non, il faut retrouver tante Agrippine *immédiatement* !

Violette frissonna.

— Mais comment ? D'après l'atlas, l'île Saumure et sa grotte sont là-bas, de l'autre côté du lac. Tu nous vois y aller à la nage ?

— Métro ! cria Prunille, ce qui signifiait sans doute : « Et pas question non plus de contourner le lac à pied, on en aurait pour des heures ! »

— Il doit bien y avoir d'autres bateaux en plus du ferry, dit Klaus. Des canots à moteur, des bateaux de pêche, des...

Il se tut. Son regard croisa celui de ses sœurs. Tous trois songeaient à la même chose.

— Des voiliers, compléta Violette. Des voiliers à louer, par exemple. Le capitaine a dit que son affaire était là, sur le port. *Sham Plaisance*, indiquait sa carte.

Debout sous l'auvent des Ferries Tournevire, les enfants parcoururent des yeux le quai désert sous la pluie. Là-bas, tout au bout, se dressait un grand portail, une grille surmontée de piques pointues. Une pancarte était accrochée juste à côté, illisible à pareille distance, au flanc d'un cabanon où tremblotait une lueur à une petite fenêtre. Les enfants se raidirent. Mettre les pieds chez *Sham Plaisance* ? C'était se jeter dans l'antre du lion dans l'espoir d'échapper au lion.

— Pas question, résuma Klaus.

— Il va quand même falloir, dit Violette. Le capitaine n'est pas là-bas, on le sait : il est encore au *Clown Anxieux* ou, au pire, en route pour chez tante Agrippine. Et pas depuis long-temps, puisqu'on ne l'a pas croisé.

— N'empêche, dit Klaus, il y a de la lumière. Donc, il y a quelqu'un là-bas, et jamais ce quel-qu'un ne voudra nous louer un bateau.

— Pas besoin d'annoncer qu'on est les enfants Baudelaire. On dira qu'on est les enfants Jones et qu'on veut juste aller faire un tour en voilier.

— En pleine tempête ? Tu crois qu'on va nous croire ?

— Il le faudra, dit Violette résolument (et *résolument*, ici, signifie « comme si elle y croyait, alors même qu'elle n'y croyait guère »).

Sur quoi, non moins résolument, elle entraîna ses cadets vers la guérite, Klaus serrant toujours l'atlas contre son cœur et Prunille, dont c'était le tour de s'entortiller dans le manteau, tenant l'ourlet à pleines mains pour ne pas se prendre les pieds dedans. Le trio grelottant arriva bientôt sous le panonceau qui proclamait :

SHAM PLAISANCE
LOCATION DE VOILIERS.

Mais la grille surmontée de piques était fermée au cadenas et les enfants se figèrent. Entrer dans le cabanon ? Aucun d'eux n'y tenait.

— On peut toujours jeter un œil, chuchota Klaus, désignant la petite fenêtre.

Mais elle était trop haute pour lui, et plus encore pour Prunille, bien sûr, aussi est-ce Violette qui se dévoua. Dressée sur la pointe des pieds, elle risqua un coup d'œil à l'intérieur et ce coup d'œil lui suffit.

Il était exclu, totalement, de louer un voilier à cette adresse.

La cabane, minuscule, contenait à grand-peine un tabouret et un bureau étriqué, sous une ampoule à la lumière papillotante. Là, pareille à une montagne vivante, affalée à la fois sur le bureau et sur le tabouret, une créature informe ronflait, une bouteille de bière dans une main, un trousseau de clés dans l'autre. À chacun de ses ronflements, la bouteille clapotait, les clés cliquetaient, la porte du cabanon s'entrebâillait d'un pouce.

N'importe qui, à ce spectacle, aurait probablement frémi. Mais à la vue de ce personnage dont on ne pouvait dire s'il était homme ou femme, Violette crut défaillir. Il existe au monde fort peu de créatures de ce type, et elle connaissait celle-ci.

Vous souvenez-vous des comparses du sinistre comte Olaf ? Sans doute pas. Les enfants Baudelaire, eux, s'en souvenaient comme si c'était hier. Ils les avaient vus en chair et en os – en chair surtout, dans le cas de celui-ci – et leur mémoire avait enregistré jusqu'au plus sordide détail. Tous étaient brutaux et fourbes, tous filaient doux devant le comte Olaf, tous pouvaient resurgir n'importe où, n'importe quand. Et l'un d'eux, justement, venait de resurgir dans cette cabane, dangereux, traître et ronflant.

Voyant blêmir sa sœur, Klaus s'alarma :

— Un problème ? Je veux dire, en plus de l'ouragan, de tante Agrippine qui fait la morte, du capitaine Sham à nos trousses et de tout le tralala ?

— Devine qui est dans cette cabane, chuchota Violette. Un des sbires d'Olaf-face-de-rat.

— Lequel ?

— Celui dont on n'arrive pas à dire si c'est un homme ou une femme.

Klaus frissonna.

— Le plus horrible.

— Non, le contredit Violette. Le plus horrible, c'est le chauve.

— Valoutch ? chuchota Prunille, autrement dit : « Vous croyez que c'est le moment de discuter ? »

— Il ou elle t'a vue ? demanda Klaus.

— Non. Il ou elle dort. Mais il ou elle tient à la main un trousseau de clés. Il nous faut ces clés. Pour ouvrir le portail et aller prendre un voilier.

— Tu veux dire en *voler* un ?

— *L'emprunter*. On n'a pas tellement le choix.

Même sous forme d'« emprunt », le vol est bien sûr un délit, en plus d'une extrême indélicatesse. Mais, comme toutes les indélicatesses, dans certaines circonstances il peut être excusé. Le vol est sans excuse si, par exemple, visitant un musée, vous décidez soudain que tel tableau ferait plus d'effet chez vous, et si vous vous en emparez sans autre formalité. En revanche, si vous avez très, très faim, et la bourse plus vide encore que l'estomac, on vous accordera des excuses si vous décrochez ce tableau afin de le savourer chez vous.

— Il n'y a pas trente-six solutions, reprit Violette. Il faut aller chercher tante Agrippine sur l'île Saumure. Et, pour aller sur l'île Saumure, il faut emprunter un voilier.

— Bon, dit Klaus. Mais comment nous procurer ces clés ?

— Je n'en sais trop rien. La porte bâille, mais tu entends ça ? Elle grince comme pas permis. Si on l'ouvre davantage, on risque de le – de la – réveiller.

— Et si je te faisais la courte échelle ? Pour que tu te faufiles par la fenêtre ? Prunille pourrait monter la garde.

— Pru... Où est Prunille ?

Ils baissèrent les yeux. Le manteau de Klaus traînait au sol en petit tas. Ils parcoururent le port du regard, mais il n'y avait rien d'autre à voir que le guichet (fermé) des Ferries Tournevire, le quai désert et le lac baveux d'écume, aux couleurs d'huître sombre en ce sombre après-midi.

— Elle a disp... ! s'écria Klaus, mais Violette le

fit taire d'un geste et s'étira sur la pointe des pieds pour jeter un nouveau coup d'œil à l'intérieur.

Rampant comme un lombric, Prunille se coulait à l'intérieur du cabanon, son petit corps étiré au maximum afin de ne pas effleurer la porte grinçante.

— Elle est dedans, chuchota Violette.

— Dedans ? dit Klaus, choqué. Oh non. Il faut l'arrêter.

— Elle rampe lentement lentement vers la personne, souffla Violette, s'interdisant de cligner des yeux.

— On a promis à nos parents de veiller sur elle, chuchota Klaus. On ne peut pas la laisser faire ça !

— Elle tend le bras vers le trousseau de clés... Elle détache le trousseau des doigts de la personne...

— Ne me dis plus rien, souffla Klaus tandis qu'un éclair lavait le ciel de blanc rosé. Ou plutôt si, dis-moi : et maintenant ?

— Elle a les clés... Elle les prend entre les dents pour les emporter... Elle rampe tout doux, tout doux, vers la porte... Elle s'étire, s'étire pour se faufiler dehors...

— Elle a réussi ! chuchota Klaus médusé.

Toujours rampant, Prunille rejoignit ses aînés, le trousseau de clés entre les dents.

— Violette ! Elle a réussi ! exulta Klaus tout bas, et il prit sa petite sœur dans ses bras tandis que le tonnerre brassait le ciel de fond en comble.

Violette sourit à Prunille, mais un regard à la fenêtre mua son sourire en grimace. Le tonnerre avait éveillé la créature et Violette, à sa grande horreur, la vit regarder sa main vide, là où les clés auraient dû être, puis le sol, sur lequel Prunille avait laissé une traînée humide, et enfin la fenêtre, droit dans les yeux de Violette.

— Elle se réveille ! hurla Violette. Il se réveille ! Ça se réveille ! Klaus, vite, ouvre la grille, j'essaie de faire diversion !

Klaus prit les clés de la bouche de Prunille et fonça vers le portail. Sur le porte-clés, il y avait trois clés : une longue et mince, une grosse empâtée, une avec des dents très compliquées. Klaus posa l'atlas par terre et tenta d'enfoncer la clé maigre dans la serrure du cadenas. Pendant ce temps, la montagne en mouvement sortait du cabanon, frémissante.

134

Jambes flageolantes, Prunille cramponnée à elle, Violette lui fit face avec un grand sourire tout faux.

— Euh, bonjour... (Elle hésitait. *Madame* ou *monsieur* ?) Je vous demande pardon, je crois que je me suis perdue. Pourriez-vous me dire où trouver les Ferries Tournevire ?

La montagne ne répondit pas, mais continua d'avancer.

La clé maigre entrait dans le cadenas mais ne tournait pas ; Klaus essaya la clé empâtée.

— Je suis désolée, reprit Violette, j'ai mal entendu. Pourriez-vous me dire...

Pour toute réponse, la montagne empoigna Violette par les cheveux et la balança sur son épaule comme un vulgaire sac de farine. La clé empâtée refusait d'entrer dans la serrure ; Klaus essaya la clé à dents compliquées. La montagne cueillit Prunille de son bras libre et la tint à la main comme une glace en cornet.

— *Klaus !* hurla Violette. *Klaus !*

La clé à dents compliquées refusait d'entrer dans le cadenas. De rage, Klaus se mit à secouer la grille. Violette bourrait de coups de pied l'arrière-train de la créature et Prunille lui mordait le poignet. Mais la créature était tellement colossale, tellement titanesque, tellement cyclopéenne – autrement dit, tellement énorme – qu'elle ne sentait pratiquement rien, pour ne pas dire rien du tout. À pas pesants, elle se dirigea vers Klaus, sans pour autant lâcher ses proies. Dans l'affolement, Klaus essaya de nouveau la clé mince – et miracle ! elle tourna d'elle-même dans la serrure, le cadenas sauta et la grille s'ouvrit en grinçant.

À vingt pas de là, six voiliers dansaient dans les clapots, le long d'un ponton, tirant sur leurs amarres comme s'ils n'avaient qu'un désir, traverser le lac pour gagner l'île Saumure.

Mais Klaus avait perdu trop de temps. Il sentit une grosse patte l'attraper au collet et se vit soulever dans les airs. Puis quelque chose de visqueux lui coula le long du dos, et à sa grande horreur il comprit que la créature le tenait entre ses dents. Il se mit à hurler de terreur :

— Lâchez-moi ! Posez-moi par terre !

— Lâchez-nous ! criait Violette. Posez-nous par terre !

— Poda rich ! criait Prunille. Poda rich boka !

Mais la montagne se souciait peu des souhaits

des enfants Baudelaire. À pas traînants, elle effectua un demi-tour avec marche arrière et entreprit de rapporter son butin à la cabane. Ses grosses pattes molles faisaient des bruits de ventouse sur le quai mouillé, *sloupch, sloupch, sloupch.*

Et tout à coup, au lieu de *sloupch*, il y eut un *tzouip* inattendu. La montagne venait de mettre le pied sur l'atlas de tante Agrippine, l'atlas lui avait glissé sous le talon... Déséquilibrée, la montagne ouvrit les bras en balancier dans l'espoir d'éviter la chute, lâchant du même coup Violette et Prunille. Elle ouvrit la bouche pour jurer, libérant Klaus à son tour. Ce qui ne l'empêcha pas de s'effondrer comme une masse, par bonheur sans écraser aucun des enfants, et même en amortissant leur chute.

Les orphelins, sans être en forme olympique, étaient en bonne condition physique. Ils sautèrent sur leurs pieds plus prestement que l'innommable créature et coururent d'un trait au premier voilier. Le temps pour la créature de retrouver la verticale, puis de s'ébranler dans leur direction, et déjà Prunille avait rongé l'amarre qui retenait le bateau à quai. Peu après, le petit voilier dansait comme un bouchon sur les eaux nerveuses de l'entrée du port.

Dans la grisaille de l'après-midi finissant, Klaus essuya d'un revers de manche l'atlas taché de boue et l'ouvrit pour le consulter.

Le précieux ouvrage leur avait déjà rendu service une fois, en leur indiquant où trouver l'île Saumure. Cette fois, à sa manière, il venait de leur sauver la vie.

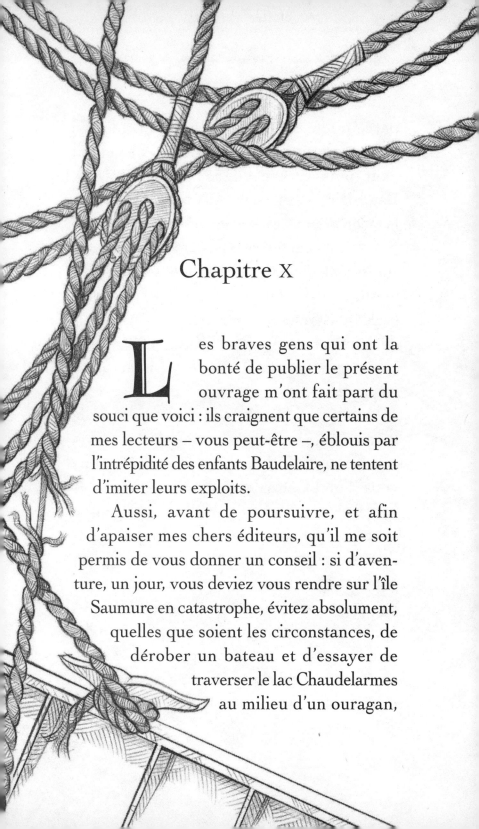

Chapitre X

Les braves gens qui ont la bonté de publier le présent ouvrage m'ont fait part du souci que voici : ils craignent que certains de mes lecteurs – vous peut-être –, éblouis par l'intrépidité des enfants Baudelaire, ne tentent d'imiter leurs exploits.

Aussi, avant de poursuivre, et afin d'apaiser mes chers éditeurs, qu'il me soit permis de vous donner un conseil : si d'aventure, un jour, vous deviez vous rendre sur l'île Saumure en catastrophe, évitez absolument, quelles que soient les circonstances, de dérober un bateau et d'essayer de traverser le lac Chaudelarmes au milieu d'un ouragan, parce que c'est très dangereux et que vos chances de survie seraient nulles. Ce conseil vaut plus encore si, comme les enfants Baudelaire, vous n'avez qu'une vague idée de la façon dont on dirige un voilier.

Le complice du comte Olaf, masse indistincte sur le quai, diminuait de seconde en seconde à mesure que le vent emportait l'esquif vers le large. Laissant la tempête tempêter au-dessus de leurs têtes, Violette, Klaus et Prunille commencèrent par inspecter l'embarcation empruntée.

C'était un voilier fort modeste, à coque de bois, avec des banquettes et cinq gilets de sauve-tage orange vif. Il comprenait un mât et une voile d'un blanc sale, saucissonnée dans ses cordages, ainsi qu'une paire de rames pour le cas où le vent aurait décidé de faire relâche. À l'arrière se trouvait un bâton en bois qu'on pouvait orienter à droite, à gauche, et, sous une banquette, un petit seau de métal destiné à écoper (*écoper* signifiant ici « évacuer l'eau indé-sirable » et non « recevoir en punition » comme on écope une colle ou une peine de prison). Il y avait enfin une épuisette à long manche, une

petite canne à pêche avec un hameçon pointu
et une longue-vue un peu rouillée. Comme le
vent emportait l'ensemble à la vitesse d'un cheval
au galop, nos jeunes navigateurs enfilèrent leurs
gilets de sauvetage.

— Un jour, j'ai lu comment on manœuvre un
voilier, articula Klaus par-dessus le tumulte des
bourrasques. Le tout, c'est d'orienter la voile de
manière à prendre le vent.

— Et cette espèce de bâton, là, c'est la barre,
cria Violette en désentortillant la voile. Je me
souviens d'avoir vu ça sur un plan de navire.
La barre commande le gouvernail, qui est sous
l'eau, et c'est comme ça qu'on dirige le bateau.
Prunille, tu t'installes à l'arrière et tu prends la
barre, d'accord ? Klaus, tu suis notre route sur
l'atlas, et tu nous indiques la bonne direction.
Moi, je vais essayer de manœuvrer la voile. Euh,
si je tire sur ce cordage – une écoute, je crois –,
je devrais y arriver.

Klaus feuilleta l'atlas humide pour le rouvrir
à la page 104.

— Par ici ! lança-t-il bien haut, indiquant
tribord. Difficile de dire où est le soleil en ce
moment, mais l'ouest doit se trouver par là.

Prunille prit son poste à la poupe et saisit la barre à deux mains. Au même instant, une énorme vague éclata sur l'arrière et l'aspergea d'écume de la tête aux pieds.

— Gartam ! cria Prunille, ce qui signifiait quelque chose comme : « Attention ! J'oriente la barre *par ici*, pour diriger le bateau *par là*, comme l'a demandé Klaus. »

Autour d'eux la pluie cinglait, le vent meuglait, les vagues fouettaient la coque et pourtant, à la surprise de son équipage, le petit voilier filait, docile, dans la direction souhaitée. Quiconque aurait croisé les enfants Baudelaire à cet instant aurait juré que leur vie n'était qu'insouciance, tant leur triomphe les rendait heureux. Ils avaient beau être épuisés, trempés, dans de beaux draps, c'était un tel soulagement de rencontrer enfin un succès qu'ils en riaient tout haut – à croire qu'ils étaient au cirque et non au milieu d'un lac démonté, au milieu d'une tempête et au milieu des pires ennuis.

Et, tandis qu'Herman s'épuisait à lancer des vagues contre la coque, des paquets d'eau par-dessus bord et des éclairs au-dessus de leurs têtes, les enfants Baudelaire faisaient voile à travers le grand lac sombre. Violette tirait sur son écoute, un coup à droite, un coup à gauche, pour dompter ce damné vent qui n'en finissait pas de tourner, comme les vents en ont la manie. Klaus gardait un œil sur l'atlas et ne laissait pas leur route dévier vers le gouffre Goinfre ou les récifs Dendure. Et Prunille tenait bon le cap, attentive aux commandements de Violette.

Enfin, à la tombée du jour, à cette heure entre chien et loup qui brouille les noms sur une carte, les enfants aperçurent au loin une lumière mauve qui clignotait. Ils avaient toujours détesté le mauve, beaucoup trop fade à leur goût, mais pour la première fois de leur vie ce coloris leur parut très doux : c'était celui du phare de la Salière, signe que l'île Saumure ne devait plus être loin. Au même instant, l'ouragan décida qu'il en avait fait assez, ou s'en fut exercer ses talents ailleurs. Toujours est-il que la nuée s'échancra, révélant une lune presque ronde, à peine cabossée d'un côté. Frissonnants et trempés, les enfants regardèrent le lac s'apaiser et laisser voir, sous l'écume, les petits tourbillons de ses profondeurs d'encre.

— Il est plutôt beau, au fond, le lac

Chaudelarmes, murmura Klaus pensif. C'est bien la première fois que je le remarque.

— Toudip, approuva Prunille, rectifiant légèrement le cap.

— À mon avis, dit Violette, c'est parce qu'on le regardait avec les yeux de tante Agrippine. (Elle saisit la longue-vue, y colla un œil et, en cherchant bien, repéra le rivage.) Ah ! ça y est. Je crois que je distingue le pied du phare, là-bas. Après ça, il y a une langue de terre et une espèce de falaise claire, ça doit être l'île Saumure. Au bas de la falaise, on devine comme un trou, parions que c'est la grotte Caillebotte.

Et en effet, peu après, la silhouette d'un phare surgit dans le crépuscule et, non loin de là, une presqu'île percée d'une grotte à la base. Mais les enfants eurent beau scruter cette gueule sombre, ils ne virent nul signe de vie – nulle trace de tante Agrippine ni de quelque autre présence.

Bientôt des rochers râclèrent le fond de la coque. Alors Violette sauta dans l'eau peu profonde pour tirer l'embarcation sur la grève caillouteuse. Klaus et Prunille débarquèrent à leur tour et dénouèrent leurs gilets de sauvetage. Tous trois s'approchèrent de la grotte puis

se figèrent, pris de doutes. Sur la roche, à droite de l'entrée, un panneau indiquait :
GROTTE CAILLEBOTTE
À VENDRE
Suivaient un numéro de téléphone et le nom du notaire auquel s'adresser.

Violette chuchota très bas :

— Je me demande bien qui pourrait acheter un endroit aussi dantesque.

Et l'adjectif « dantesque » convenait à merveille, puisqu'il évoque un certain Dante, auteur, voilà six ou sept siècles, d'une assez bonne description de l'enfer.

Ni Klaus ni Prunille ne répondirent. Ils examinaient ce lieu qui faisait en effet songer à une bouche d'aération des profondeurs infernales. À l'entrée se dressaient des rochers acérés, pareils à des dents de requin. Au-delà de cette mâchoire, on devinait une étrange formation blanchâtre, faite des roches mêlées entre elles à la façon d'un vieux fromage blanc. Le tout était assez peu engageant.

Pourtant, ce n'était pas l'aspect de la grotte qui inquiétait le plus les enfants, c'était le son en provenance du fond. On aurait dit une plainte modulée, chevrotante, haut perchée. Elle était plus lugubre encore que la grotte Caillebotte elle-même.

— C'est quoi, ce bruit ? chuchota Violette.

— Le vent, sans doute, répondit Klaus. J'ai lu quelque part que, quand le vent s'engouffre dans un passage étroit, il est capable de produire des sons très bizarres. Pas de quoi avoir peur, en tout cas.

Mais aucun des enfants ne bougea. Et l'étrange son ne se tut pas.

— Pas de quoi avoir peur, peut-être, dit Violette. N'empêche que *j'ai* peur.

— Moi aussi, avoua Klaus.

Mais Prunille lança : « Guéni ! » Et, à quatre pattes, elle s'avança résolument. *Guéni* signifiait sans doute : « Trop bête d'avoir traversé un ouragan si c'est pour rester plantés là ! » Il y avait du vrai dans la remarque, et ses aînés lui emboîtèrent le pas.

À l'intérieur de la grotte, le son se faisait plus puissant, réverbéré par la roche, mais les enfants comprirent très vite que le vent n'y était pour rien. Car au fond de la cavité, assise sur une pierre et le visage enfoui dans les mains, une femme au chignon gris sanglotait avec tant d'ardeur qu'elle n'entendit même pas les enfants approcher.

— Tante Agrippine, dit Klaus, hésitant. On est là.

Tante Agrippine écarta les mains de son visage barbouillé de larmes.

— Oh ! fit-elle en s'essuyant les yeux. Vous l'avez déchiffré ! Mon message codé ! J'en étais sûre.

Elle se leva, ouvrit grand les bras et serra contre elle chacun des enfants tour à tour. Elle regarda Violette, regarda Klaus, regarda Prunille, et les trois orphelins sentirent les larmes leur monter aux yeux – un peu comme si, au fond, c'était seulement maintenant qu'ils la croyaient vivante.

— Je le savais, dit tante Agrippine, que vous étiez des enfants très doués. Je le savais, que vous y arriveriez !

— En fait, avoua Violette, c'est Klaus qui a trouvé le code. À lui tout seul.

— Mais c'est Violette qui savait comment manœuvrer un voilier, dit Klaus. Sans Violette, on serait encore à quai.

— Et c'est Prunille qui a chipé les clés, dit Violette. Et tenu la barre, aussi.

— En tout cas, je suis bien contente de vous voir ici, dit tante Agrippine. Laissez-moi reprendre souffle, et je vous aide à décharger vos affaires.

Les enfants s'entre-regardèrent.

— Quelles affaires ? demanda Violette.

— Vos bagages, bien sûr. Et j'espère que vous avez apporté des provisions, aussi. Moi, je suis partie trop vite, j'en ai pris très peu.

— On n'a rien apporté du tout, dit Klaus.

— Quoi ? Rien apporté ? Mais comment voulez-vous vivre dans cette grotte sans provisions ?

— On n'a pas l'intention de vivre dans cette grotte, dit Violette.

Les mains de tante Agrippine volèrent à son chignon pour le réajuster.

— Mais alors, pourquoi être venus ?

— Chitim ! lança Prunille, ce qui signifiait sans doute : « Parce qu'on s'inquiétait pour vous, voilà pourquoi ! »

— *Chitim* n'est pas une phrase, Prunille. Peut-être l'un de tes aînés voudra-t-il bien m'expliquer en langage clair pourquoi vous êtes venus ici ?

— Parce que le capitaine Sham a failli nous mettre la main dessus ! s'écria Violette. Tout le monde vous croit morte, et vous avez écrit, comme dernière volonté, que vous nous remettiez aux bons soins du capitaine Sham !

— Mais c'est lui qui m'a forcée à l'écrire, ce billet, pleurnicha tante Agrippine. Hier soir, au téléphone, il m'a dit qu'en réalité il était le comte Olaf. Il m'a ordonné d'écrire que je vous confiais à lui. Il m'a dit que, si je refusais d'écrire ce billet, il me noierait dans le lac. De ses propres mains. J'ai eu si peur que j'ai fait ce qu'il disait.

— Mais pourquoi ne pas avoir appelé la police ? insista Violette. Pourquoi ne pas avoir appelé Mr Poe ? Pourquoi ne pas avoir appelé quelqu'un qui aurait pu faire quelque chose ?

— Vous le savez très bien, pourquoi ! J'ai trop peur du téléphone. Déjà, pour répondre, rappelez-vous, c'était la toute première fois. Composer un numéro, je m'en sentais bien incapable. D'ailleurs je n'avais besoin de personne ! J'ai lancé un tabouret dans la baie vitrée pour faire croire que j'avais sauté, et après ça je me suis faufilée dehors et j'ai couru tout le long de la côte – je connais les raccourcis. Et le capitaine Sham ne pouvait rien deviner parce que, pour coder mon message, j'avais choisi le code idéal. Pas de danger qu'il remarque les fautes !

— Mais pourquoi ne pas nous avoir emmenés ? s'étonna Klaus. Pourquoi ne pas nous avoir protégés ? Nous aussi, le capitaine Sham nous menace ! Déjà, quand il était le comte Olaf, si vous saviez toutes les misères qu'il nous a fait !

— Klaus ! s'écria tante Agrippine. Et l'accord du participe passé ? On ne dit pas « les misères qu'il nous a *fait* » mais « les misères qu'il nous a *faites* » ! Je sais bien, de nos jours, la plupart des gens négligent cet accord, mais c'est tout de même une faute. Comprends-tu ?

Les enfants se regardèrent, tristes et amers à la fois. S'ils comprenaient ? Oh ! que oui. Ils comprenaient que tante Agrippine se souciait plus de beau langage que de tirer trois enfants des griffes d'un malfrat. Ils comprenaient que tante Agrippine, tout à ses peurs et à ses phobies, ne songeait pas un quart de seconde à ce qu'ils pouvaient ressentir, eux. Ils comprenaient que tante Agrippine était une bien piètre tutrice, capable de laisser en danger les enfants qui lui étaient confiés. Ils comprenaient et, une fois de plus, ils avaient le cœur lourd en songeant à leurs parents, qui jamais ne les auraient laissés seuls à la maison, et surtout pas un jour d'ouragan, surtout pas sachant qu'un sinistre individu leur rôdait autour. Mais leurs parents n'étaient plus de ce monde ; ils avaient péri dans l'incendie qui avait rasé leur maison natale et sonné le début de leurs malheurs.

— Bien, décida tante Agrippine, assez de grammaire pour aujourd'hui. Je suis heureuse de vous voir ici, soyez les bienvenus dans cette grotte. Je ne crois pas que le capitaine Sham vienne jamais nous chercher ici.

— Mais personne ne reste ici ! s'impatienta Violette. Nous retournons en ville par bateau, et vous venez avec nous.

— En ville ? Pas question, Gaston ! se récria tante Agrippine (usant d'une expression fanée qui signifie seulement « pas question » et n'a rien à voir avec un Gaston). Votre comte Olaf, j'en ai bien trop peur ! Et, après ce qu'il vous a fait, il me semble que vous feriez mieux de vous en méfier, vous aussi.

— Oh ! mais on s'en méfie, dit Klaus.
Simplement, pour le faire mettre en prison, il
faut prouver qu'il n'est pas le capitaine Sham.
Et la meilleure preuve, c'est vous. Si vous
racontez tout à Mr Poe, le comte Olaf se retrou-
vera derrière les barreaux et ce sera bon
débarras !

— Allez tout raconter à Mr Poe si le cœur
vous en dit. Moi, je reste ici.

— Mais si vous restez, plaida Violette, jamais
il ne nous croira ! Mr Poe vous croit morte. Il
faut venir avec nous pour prouver que vous êtes
en vie.

— Non et non. J'ai trop peur.

Violette respira un grand coup :

— Mais nous aussi, on a peur ! déclara-t-elle
d'un ton si ferme que tante Agrippine n'osa pas
rappeler que « nous, on » est incorrect. Tous les
trois ! On a eu peur quand on a vu le capitaine
Sham au marché. On a eu peur quand on a
cru que vous aviez sauté par la fenêtre. On a eu
peur quand on a sucé les pastilles de menthe,
alors qu'on est allergiques à la menthe. On a eu
peur quand il a fallu prendre un bateau en plein
ouragan. Et on a continué quand même.

Tante Agrippine se mit à pleurer.

— Est-ce ma faute si je suis plus peureuse que vous ? Non, je ne traverserai pas ce lac en bateau. Non, je ne veux pas apprendre à me servir d'un téléphone. Je resterai ici jusqu'à la fin de mes jours, et rien de ce que vous direz ne me fera changer d'avis.

Alors Klaus eut une idée.

— À propos, laissa-t-il tomber, vous avez vu ? La grotte Caillebotte est à vendre.

— Et alors ? dit tante Agrippine.

— Alors des gens vont venir ici jeter un coup d'œil. Des visiteurs, des acheteurs... (Il ménagea un silence, puis lâcha sa petite bombe.) Des agents immobiliers.

Tante Agrippine entrouvrit la bouche et les enfants virent son gosier maigre avaler sa salive avec peine.

— Bon, dit-elle enfin, avec un regard anxieux à la ronde, comme si un agent immobilier risquait de surgir de l'ombre. Bon. Je viens.

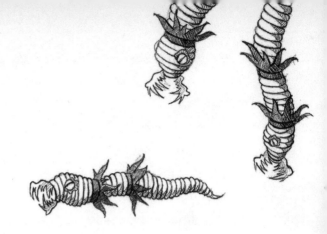

Chapitre XI

« Ooh non ! » gémit tante Agrippine. Les enfants n'y prêtèrent aucune attention. Dans le calme revenu, naviguer sur le lac Chaudelarmes avait un parfum de croisière. Violette manœuvrait la voile d'une main sûre et le vent n'avait plus de sautes d'humeur. Klaus se repérait sur le point mauve du phare pour guider le bateau vers Port-Damoclès, invisible encore sur la rive d'en face.

Et Prunille maniait la barre comme si elle l'avait tenue toute sa vie. Seule tante Agrippine avait peur. Elle avait enfilé deux gilets de sauvetage l'un sur l'autre et toutes les trois secondes elle gémissait : « Ooh non ! », alors même qu'il n'y avait pas l'ombre d'un danger.

— Ooh non ! gémit tante Agrippine. Et c'est du sérieux, cette fois.

— Qu'est-ce qui ne va pas, tante Agrippine ? demanda Violette d'un ton las.

Ils devaient se trouver à peu près au milieu du lac. L'eau était toujours aussi paisible et le phare toujours en vue sur l'arrière, trouée mauve dans la nuit. Il ne semblait vraiment y avoir aucune raison de s'alarmer.

— Nous entrons dans le territoire des sang-sues, annonça tante Agrippine.

— Je suis sûr que tout va bien se passer, affirma Klaus, l'œil sur la longue-vue, à la recherche de Port-Damoclès quelque part sur l'horizon noir. Vous nous avez dit vous-même qu'elles sont parfaitement inoffensives et se nourrissent de petits poissons.

— Sauf lorsqu'on a mangé depuis peu, rappela tante Agrippine.

— Dans ce cas, on est bien tranquilles ! la rassura Violette. La dernière chose qu'on a avalée, c'était les pastilles de menthe au *Clown Anxieux*. Il était à peine midi, et maintenant il fait nuit noire.

Tante Agrippine, tassée dans le bateau, gémit :

— Mais moi j'ai mangé une banane. Juste avant votre arrivée.

— Ooh non, murmura Violette.

Prunille scruta l'eau noire en silence.

— Je suis sûr qu'il n'y a pas à se tracasser, reprit Klaus. Les sangsues sont des animaux tout petits. Si nous étions dans l'eau, d'accord, il y aurait de quoi s'inquiéter, mais à bord d'un bateau... Je les vois mal attaquer. Sans compter que, si ça se trouve, l'ouragan les a fait fuir au diable.

Combien je parie qu'on n'en verra pas la queue d'une ?

Klaus se tut. Il pensait ne pas rouvrir la bouche de sitôt, mais, dans la minute qui suivit, il marmotta à mi-voix :

— Quand on parle du loup...

« Quand on parle du loup, on en voit la queue » est un dicton vieux comme le monde, vieux comme les loups, et qu'on emploie lorsque, par exemple, juste après avoir déclaré « Quelle chance qu'on n'ait pas de pluie ! », on voit les premières gouttes étoiler la nappe du pique-nique. Dans le cas présent, inutile de préciser ce que Klaus venait d'apercevoir, juste après avoir achevé sa tirade.

— Quand on parle du loup… répéta Klaus, les yeux sur l'eau.

Là, au ras des tourbillons sombres, venaient de surgir des formes effilées, à peine visibles au clair de lune. Leur longueur n'excédait pas celle d'un petit doigt, et à première vue on aurait dit un nageur s'amusant à pianoter à fleur d'eau. Sauf que la plupart des nageurs n'ont que dix doigts, et que les formes minces furent bientôt des centaines, qui accouraient de toutes parts et frétillaient autour du bateau. Tout en nageant, elles émettaient un curieux chuchotis affairé, un peu comme une foule sournoise susurrant de terribles secrets.

Les enfants regardèrent en silence cette nuée converger vers le bateau, puis heurter légèrement la coque. Mille bouches minuscules se plissèrent de dépit en tentant d'entamer le bois. Pour aveugles qu'elles soient, les sangsues ne sont point sottes ; celles du lac Chaudelarmes savaient bien qu'elles n'avaient pas affaire à de la banane.

— Vous voyez ? dit Klaus, pas précisément rassuré. Nous sommes en parfaite sécurité.

— Absolument, dit Violette qui en doutait,

mais jugeait plus sage de rassurer tante Agrippine. En parfaite sécurité.

Mais le pianotement, loin de cesser, se faisait plus exaspéré.

La frustration est un état émotionnel remarquable. Mélange détonant de déception vive et d'un sentiment d'impuissance, elle déchaîne souvent chez le frustré les pires instincts. Frustrés, les bébés ont tendance à tout éclabousser de bouillie. Frustrés, les citoyens ont tendance à décapiter rois et reines. Frustrés, les papillons de nuit ont tendance à se cogner aux lampes et à les souiller de poussière d'ailes. Mais à la différence des bébés, des citoyens et des papillons de nuit, les sangsues sont déjà déplaisantes à l'état naturel. Et l'espèce Chaudelarmes plus que toute autre. Si bien qu'on pouvait se demander quels pires instincts la frustration allait déchaîner en elles.

Dans un premier temps, les menues créatures s'évertuèrent à entamer le bois de la coque, mais leurs dents minuscules ne produisaient d'autre effet qu'un détestable cliquetis. Et soudain, comme un seul homme, toutes se détournèrent du bateau. Les enfants les regardèrent s'éloigner en se tortillant.

— Elles s'en vont, dit Klaus plein d'espoir.

Mais elles ne s'en allaient pas du tout. Dès qu'elles eurent pris assez de recul, elles firent demi-tour avec ensemble et chargèrent en bloc. Avec un grand *tchac* ! le banc entier emboutit la coque, et le bateau tangua dangereusement. Ses occupants, dans la secousse, faillirent bien tomber à l'eau, tandis que les sangsues s'éloignaient derechef, en vue d'un second coup de bélier.

— Yadec ! hurla Prunille, pointant du doigt le flanc du bateau.

Yadec n'est pas une phrase grammaticalement construite, et pourtant même tante Agrippine en saisit le sens profond : « Regardez ! elles ont fissuré la coque ! » C'était une minuscule fissure, pas plus longue qu'un crayon et plus fine qu'un cheveu, en forme de bouche dépitée, comme si le bateau faisait grise mine. Hélas ! si les sangsues s'acharnaient, le bateau risquait fort de ne pas se réjouir de sitôt.

— Vite ! dit Klaus. Fonçons, ou elles vont mettre ce bateau en pièces.

— Fonçons, tu en as de bonnes ! répondit Violette. Dis au vent de souffler plus fort.

— J'ai peur ! cria tante Agrippine. Par pitié, ne me jetez pas par-dessus bord !

— Vous jeter par-dessus bord ? Personne n'aurait cette idée, s'écria Violette agacée. (Et à mon regret je dois dire que sur ce point elle se trompait.) Prenez une rame, tante Agrippine, d'accord ? Et toi, Klaus, prends l'autre. En naviguant à la fois à la voile et à la rame, on devrait avancer plus vite.

Tchac ! Le banc de sangsues heurta de nouveau la coque. La fissure s'accentua, le bateau roula, tangua. Sous le choc, une sangsue sauta à bord et alla choir au fond du bateau. Elle se tordait comme un ver et cherchait furieusement à mordre. Klaus s'approcha avec précaution et tenta de la renvoyer à l'eau d'un coup de pied. Mais la bestiole s'accrocha à sa chaussure et entreprit de grignoter le cuir. Avec un cri d'horreur, Klaus la fit retomber d'un coup sec et elle reprit ses contorsions frénétiques à fond de cale, étirant son corps de ver mou, ouvrant et fermant la bouche. Violette saisit l'épuisette, cueillit la sangsue et la rejeta par-dessus bord.

Tchac ! Cette fois, la fissure agrandie laissait suinter un peu d'eau dans le bateau. Une petite flaque se formait à vue d'œil.

— Prunille ! appela Violette, tu surveilles cette voie d'eau, s'il te plaît ? Dès que la flaque est assez grosse, tu prends le petit seau et tu renvoies cette eau d'où elle vient.

— Moufti ! cria Prunille, ce qui signifiait : « Entendu ! »

Et, tandis que les sangsues s'éloignaient en froufroutant pour mieux reprendre l'assaut, Klaus et tante Agrippine se mirent à ramer d'arrache-pied. Violette ajusta la voile et garda l'épuisette sous le bras, au cas où une autre passagère clandestine ferait son apparition.

Tchac ! Tchac !

Deux coups d'un coup ? Les sangsues s'étaient scindées en deux équipes ! Tante Agrippine poussa un cri de terreur. Le bateau, fissuré en deux points, prenait désormais l'eau deux fois plus vite. Prunille déserta la barre un instant pour écoper à toute allure. Klaus cessa de ramer pour examiner sa rame en silence. Elle était rongée ici et là, ciselée par les sangsues Chaudelarmes.

— Ramer ne suffira pas, dit-il gravement à Violette. Si on continue à ramer, on n'aura bientôt plus que le manche des rames.

Violette jeta un coup d'œil à Prunille, qui écopait à tours de bras.

— Non, ramer ne suffira pas, dit-elle. Et écoper non plus. Ce bateau va sombrer. Il nous faut des secours.

Klaus scruta le lac frémissant de sangsues voraces.

— Des secours ? Au milieu d'un lac ? En pleine nuit ?

— Il faut envoyer des signaux de détresse, dit Violette.

Et, plongeant la main dans sa poche, elle en tira un ruban. Elle tendit l'épuisette à Klaus et noua le ruban dans ses cheveux.

Klaus et Prunille la regardaient faire. Quand leur aînée attachait ses cheveux pour les empêcher de tomber sur ses yeux, c'est que son esprit d'invention travaillait à plein régime. Et la situation l'exigeait.

— Tu as raison, ma fille, dit tante Agrippine, recoiffe-toi. C'est ce que je fais, moi aussi, quand j'ai peur. On se sent tout de suite mieux quand on se fait belle.

— Elle ne se recoiffe pas du tout, contredit Klaus. Elle se concentre.

Klaus disait vrai. Violette se concentrait. Elle cherchait désespérément, dans les tiroirs de son cerveau, une recette pour signaux de détresse. Elle songeait aux alarmes d'incendie. Sirènes hurlantes, signaux lumineux, les alarmes d'incendie sont un excellent moyen d'appeler au secours. Et les enfants Baudelaire avaient beau savoir que parfois, hélas, les pompiers arrivent trop tard, l'alarme d'incendie est une fabuleuse invention, et Violette se demandait comment bricoler quelque chose d'approchant avec les moyens du bord. Il fallait produire un bruit puissant, afin d'attirer l'attention, ainsi qu'une lumière vive pour permettre aux secours de localiser le bateau.

Tchac-tchac ! Après chaque nouvel assaut, l'eau pénétrait de plus belle par les fissures de la coque. Prunille écopait avec frénésie, mais soudain Violette bondit et lui prit le seau des mains.

— Biffo ? s'indigna Prunille, autrement dit : « Ça te prend souvent ? »

Violette ne prit pas le temps de répondre. Seau à la main, elle grimpait au mât. Grimper au mât d'un bateau n'est déjà pas si facile, mais grimper, un seau à la main, au mât d'un bateau qui danse la gigue est vingt fois plus acrobatique, aussi voilà encore une activité que je vous déconseille formellement. Par bonheur, Violette Baudelaire était d'une agilité sans pareille, et elle atteignit très vite le sommet de ce mât valseur. Là, retournant le seau de fer-blanc, elle en coiffa la pointe, et il se mit à carillonner dans la nuit comme une cloche au matin de Pâques.

Ce petit triomphe fut de courte durée.

— Violette ? lança Klaus, rejetant à l'eau une sangsue furibonde. Tu pourrais accélérer le mouvement, s'il te plaît ? Ce bateau s'enfonce de plus en plus.

Violette accéléra le mouvement. Elle empoigna le coin de la voile et, retenant son souffle, sauta du haut du mât, à pieds joints. Comme elle l'espérait, la voile freina sa chute mais se déchira tout du long, si bien que Violette se retrouva avec une longue bande de toile à la main.

Pendant ce temps, au creux de la coque, l'eau montait, inexorable. Esquivant les sangsues que Klaus ne suffisait plus à réexpédier à l'envoyeur, Violette pataugea vers tante Agrippine.

— Il me faudrait votre rame, s'il vous plaît, dit-elle, roulant en boule sa bande de toile. Et aussi votre filet à cheveux.

— La rame, la voici, ma fille. Mais mon filet à cheveux, je le garde. C'est lui qui tient mon chignon en place.

— Donnez-lui ce filet ! lança Klaus, tout en sautant comme une grenouille parce qu'une sangsue lui mordillait le genou.

— Mais je vais avoir les cheveux dans les yeux ! gémit tante Agrippine. Et je n'y verrai plus rien et, quand je n'y vois plus rien, j'ai peur !

— Pas le temps de discuter ! s'impatienta Violette. Nous, on essaie de se tirer de ce mauvais pas.

— On ne dit pas : « Nous, *on* », corrigea tante Agrippine. Combien de fois devrai-je vous le rappeler ?

Mais Violette en avait assez. Sans souci des éclaboussures (quoique en évitant les sangsues), elle fondit sur tante Agrippine et lui prit sa résille d'autorité. Puis elle fourra dans ce filet la boule de toile, et, empoignant la canne à pêche, elle accrocha à l'hameçon cette balle de chiffon improvisée. On l'aurait crue prête à pêcher on ne sait quel gros poisson gourmand d'étoffe et de filets à cheveux.

Tchac-tchac ! Le bateau alourdi clapotait comme une baignoire. Ses flancs semblaient près de céder. Violette saisit la rame et, de toutes ses forces, se mit à la frotter contre le plat-bord comme on frotterait une allumette géante.

— Qu'est-ce que tu fabriques ? demanda Klaus, évacuant d'un coup d'épuisette trois sang-sues scandalisées.

— J'essaie de créer de la friction. Quand tu frottes deux bouts de bois l'un contre l'autre, tu crées de la friction. À force, la friction provoque des étincelles. Dès que j'aurai des étincelles, je mettrai le feu à cette boule de toile pour en faire un signal de détresse.

— Le feu ? s'alarma Klaus. Mais ça va faire un danger de plus, non ?

— Pas si je brandis ce feu au-dessus de l'eau. Et, avec ce feu en plus du ramdam que fait le seau, bien le diable si on ne nous envoie pas des secours !

Mais Violette eut beau frotter, frotter, nulle étincelle n'apparut. En réalité, c'était peine perdue : le bois était bien trop mouillé – arrosé par l'eau du ciel et par celle du lac Chaudelarmes – pour créer le moindre effet de friction. L'idée était bonne en soi, mais – Violette le comprit très vite – ce n'était pas *la* bonne idée pour la situation présente.

Tchac-tchac ! Violette sentit monter le désespoir en elle, plus vite encore que ne montait l'eau dans la coque fissurée.

— Ça ne marche pas, murmura-t-elle, et des larmes roulèrent sur ses joues.

Elle songeait à la promesse faite à ses parents, peu avant leur mort, de toujours veiller sur son frère et sa sœur plus jeunes. Et elle n'était même pas capable de les protéger d'une bande de sangsues !

— Ça ne marche pas, répéta-t-elle, laissant tomber la rame. Il nous faudrait du feu, et je n'arrive pas à en faire.

— Pas grave, la consola Klaus qui savait que c'était grave. On va bien trouver quelque chose.

— Toudic, s'écria Prunille, ce qui signifiait : « Ne pleure pas. Tu as fait de ton mieux. »

Mais Violette pleurait. C'est bien joli de se dire qu'on a fait de son mieux, que c'est l'essentiel. En réalité, dans l'urgence, l'essentiel, c'est de réussir. Pas de faire de son mieux.

Le bateau s'enfonçait, l'eau suintait, Violette pleurait sur son échec. Toujours pleurant, sans grand espoir, elle mit l'œil à la longue-vue. Savait-on jamais ? Et si, par miracle, un bateau croisait dans les parages ? Et si le courant, on ne sait comment, avait poussé le bateau à la côte ? Hélas ! il n'y avait rien d'autre à voir que des éclats de lune sur l'eau ridée...

Des éclats de lune ! Lorsque Violette les vit – lorsqu'elle les vit vraiment –, elle se souvint soudain d'une chose très savante : le principe de la réfraction de la lumière.

Le principe de la réfraction de la lumière est une notion scientifique complexe, et pour être franc je n'y comprends goutte, pas même lorsque mon ami le professeur Lorenz me l'explique bien patiemment. Par bonheur, pour Violette, c'était là une notion très claire. Immédiatement, elle se souvint d'une anecdote que son père lui avait racontée, des années plus tôt, comme elle commençait à s'intéresser aux sciences. Enfant, son père avait eu une cousine infernale, qui avait un jour mis le feu à des feuilles mortes en concentrant les rayons du soleil à l'aide d'une loupe, pour le pur plaisir de terroriser les fourmis. Terroriser les fourmis est un amusement ignoble (*ignoble* signifiant ici « digne du comte Olaf quand il était petit »), mais Violette n'avait retenu qu'une chose : au moyen d'une loupe, on pouvait concentrer les rayons du soleil et allumer un feu. Et s'il était possible de faire la même chose avec des rayons de lune ? À l'aide d'une longue-vue ?

Sans perdre une seconde, elle reprit la longue-vue et dévissa les lentilles. Puis, avec un coup d'œil à l'astre des nuits afin de vérifier sa position, elle orienta les lentilles selon un angle bien précis, calculé par son cerveau.

Les rayons de lune passèrent au travers des lentilles qui les condensèrent en un mince faisceau lumineux, braqué droit sur la toile à voile, dans le filet à chignon de tante Agrippine. Et soudain l'étoffe brunit, noircit, et une petite flamme en jaillit.

— Miracle ! s'écria Klaus en la regardant prendre de la vigueur.

170

— Incroyable ! s'écria tante Agrippine.

— Bounti ! cria Prunille de sa petite voix aiguë.

— Simple histoire de réfraction de la lumière, dit Violette, modeste, en s'essuyant les yeux d'un revers de manche.

Alors, à pas prudents – tant pour éviter les sangsues que pour ne pas mettre le feu au bateau –, elle s'avança vers la proue. Au passage, d'un coup de rame, elle relança un bon coup sa cloche improvisée, qui tintinabula haut et clair. Puis elle brandit son signal lumineux dans les airs, le plus haut possible au-dessus de l'eau.

Elle était fière de cette torche qui avait finalement daigné prendre feu, grâce au récit de son père. La cousine bourreau de fourmis ne semblait guère fréquentable, mais à cet instant, si elle avait surgi à bord, Violette l'aurait sans doute embrassée.

Son dispositif d'alerte fonctionnait !

Pourtant ce succès n'eut pas que des bons côtés, comme les naufragés le découvrirent peu après.

Quelqu'un fut bel et bien alerté, quelqu'un qui naviguait déjà sur le lac, et qui mit aussitôt le cap sur eux.

Les enfants et leur tante crurent exploser de joie lorsqu'ils virent surgir une voile claire dans la nuit. Sauvés ! Ils étaient sauvés ! Sauvés, ils l'étaient, et c'est le bon côté de la chose.

Mais l'autre côté, le mauvais, fit retomber leur joie comme un soufflé.

Lorsqu'ils virent qui tenait la barre, lorsqu'ils virent la jambe de bois, le bonnet de marin, le bandeau sur l'œil, ils comprirent aussitôt *qui* venait à leur secours. Et c'était, sans contredit, le pire mauvais côté au monde.

Chapitre XII

B ienvenue à bord ! salua le capitaine Sham avec un grand rire
dans la voix. Enchanté de vous
retrouver, tous les quatre. Vous, les moufflets,
je vous croyais au fond du lac, avec la bicoque.
Par chance, mon associé m'a dit que vous aviez
piqué un de nos bateaux et filé avec. Quant à
vous, très chère Agrippine, je croyais que vous
aviez écouté votre bon sens et sauté par la
fenêtre.

— J'ai écouté mon bon sens, oui.
Mais ces enfants sont venus me
chercher.

Le capitaine gloussa dans la nuit.
D'une main experte, il amena les
deux embarcations bord à bord.

Pour changer de bateau, Tante Agrippine et les enfants n'eurent qu'à enjamber un espace étroit, par-dessus le grouillement des sangsues.

Il était temps. Avec un long *floooutch !* suivi d'un concert de gargouillis, la coque fissurée acheva de s'emplir d'eau et s'enfonça sans hâte dans les profondeurs du lac. Les sangsues se jetèrent dessus, leurs minuscules mandibules en action. Le capitaine ricana :

— Alors, les orphelins, on dit merci ? Sans moi, vous seriez déjà en miettes.

Violette crut exploser.

— Sans vous, on ne serait pas là, pour commencer.

— Prenez-vous-en à votre vieille tante ! répliqua le capitaine, et il se tourna vers tante Agrippine. Bien vu, très chère, le faux suicide. Bien vu, mais raté. À présent, la fortune Baudelaire – et aussi, je m'en passerais bien, les petits morveux qui vont avec –, tout ça est à moi.

— À vous ? explosa Klaus. Jamais de la vie. Nous n'avons rien à voir avec vous. Attendez un peu qu'on ait tout dit à Mr Poe ! Il vous fera jeter en prison.

174

— En prison, vraiment ? railla le capitaine, mettant le cap sur Port-Damoclès. Mr Poe ? Tu sais ce qu'il fait, en ce moment, Mr Poe ? Il finit de relire les papiers d'adoption. Dans quelques heures, vous vous appellerez Sham, tous les trois. Violette, Klaus et Prunille Sham.

– Nibab ! cria Prunille, ce qui signifiait clairement : « Je m'appelle Prunille Baudelaire, et je m'appellerai Prunille Baudelaire toute ma vie, sauf si je décide de changer de nom ! »

Violette revint à la charge :

— Ces papiers, Mr Poe va les déchirer en mille morceaux, quand on lui dira que vous avez forcé tante Agrippine à écrire son billet !

Le capitaine gloussa. Au clair de lune, son œil unique luisait comme un diamant.

— Et vous croyez qu'il va vous écouter ? Vous croyez qu'il va faire confiance à trois vauriens qui font des fugues et volent des bateaux ?

— Oui, parfaitement, il va nous écouter, éclata Klaus. Parce que c'est la vérité !

— La vérité ! s'esclaffa le capitaine, et il en rit à gorge déployée, comme s'il n'existait pas de mot plus cocasse que celui-là, *vérité*. Chers petits, laissez-moi vous dire : Mr Poe écoutera plutôt l'honorable propriétaire d'une affaire de location de voiliers, qui a risqué sa vie dans la tempête pour sauver trois galapiats voleurs de bateaux !

— Si on a *emprunté* un bateau, dit Violette, c'est seulement pour aller chercher tante Agrippine. Pour qu'elle puisse raconter à tout le monde ce que vous avez fait !

Le capitaine haussa les épaules.

— Mais personne ne la croira non plus. Qui irait croire ce que raconte une morte ?

— Vous êtes borgne des deux yeux ou quoi ? s'étrangla Klaus. Vous voyez bien qu'elle est en vie !

Une fois de plus, le capitaine sourit, l'œil rivé sur l'eau noire. À quelques mètres du bateau, la surface frémissait de ridules. Les sangsues ! Après avoir inspecté l'épave sans y trouver trace de banane, elles repartaient à l'assaut, attirées par les derniers effluves qui s'attardaient sur tante Agrippine (rien n'est tenace comme l'odeur de banane).

— En vie ? ricana le capitaine, sarcastique. Ah tiens ! c'est vrai, elle l'est *encore*.

Et il fit un pas vers elle. Tante Agrippine se ratatina de terreur.

— Nooon ! Pas par-dessus bord. Pas par-dessus bord, *par pitié !*

— Désolé, dit le capitaine, avançant d'un pas de plus. Si vous voulez raconter l'histoire, ce sera au fond du lac, à votre cher Ignace.

— Sûrement pas ! cingla Violette, et elle s'empara de l'écoute. Nous serons à la côte avant !

— Absolument ! renchérit Klaus, et il empoigna la barre.

— Igal ! ajouta Prunille, ce qui signifiait sans équivoque : « En plus, moi, je la protège ! »

Et, campée à quatre pattes au pied de tante Agrippine, elle dénuda ses petites incisives.

— Je ne raconterai rien, je le jure ! chevrotait tante Agrippine. Ni à Mr Poe ni à personne ! Je jure d'aller me cacher quelque part au loin, très loin, et de ne plus jamais reparaître ! Dites à tout le monde que je suis morte ! Prenez les sous ! Prenez les enfants ! Mais ne me jetez pas aux sangsues !

Violette, Klaus et Prunille n'en croyaient pas leurs oreilles.

— Vous êtes censée veiller sur nous, lui

rappela Violette. Pas nous jeter en pâture !

Le capitaine Sham parut réfléchir.

— Hmmm. Il est exact qu'il suffirait que les gens vous croient morte.

— Je changerai de nom ! Je me teindrai les cheveux ! Je porterai des lentilles de contact colorées ! J'irai vivre très loin d'ici ! Plus personne n'entendra parler de moi, jamais !

— Mais nous, tante Agrippine ? dit Klaus. Nous, qu'est-ce qu'on devient ?

— Silence, orphelins ! tonna le capitaine. (Silence, c'était beaucoup dire : le long de la coque du bateau, les sangsues recommençaient à pianoter.) Silence, quand les adultes parlent ! Quant à vous, ma petite dame, j'aimerais bien vous croire. Mais pas sûr qu'on peut vous faire confiance !

— Pas sûr qu'on *puisse*, rectifia tante Agrippine malgré elle.

— Hein ? gronda le capitaine.

— Petite erreur de grammaire, capitaine. Vous avez dit : « Pas sûr qu'on *peut*. » Il faut dire : « Pas sûr qu'on *puisse*. » Si la chose n'est pas sûre, il faut un subjonctif, qui exprime l'incertain. Contrairement à l'indicatif, qui exprime l'affirmation. Comprenez-vous ?

Le capitaine cligna de son œil unique, et sa bouche s'incurva en un sourire diabolique.

— Merci pour la petite leçon, dit-il, avançant encore d'un pas.

Prunille gronda comme un bouledogue, mais, du bout de sa jambe de bois, le capitaine la souleva comme une serpillière et l'envoya rouler à l'autre bout du bateau.

Puis il reprit d'un ton de miel :

— Voyons si j'ai bien compris. Donc, si je dis « Pas sûr qu'Agrippine Amberlu *peut* échapper aux sangsues », c'est incorrect. Mais si je dis : « Pas sûr qu'Agrippine Amberlu puisse échapper aux sangsues », c'est bon ?

— Oui, répondit tante Agrippine. Enfin je veux dire, non. Je veux dire...

Ce qu'elle voulait dire, hélas, personne ne le sut jamais. Le capitaine se campa devant elle et, à deux mains, il la poussa par-dessus bord. Avec un petit cri et un grand plouf, la malheureuse chut à la renverse dans les eaux noires du lac Chaudelarmes.

— Tante Agrippine ! hurla Violette, lâchant l'écoute. Tante Agrippine !

En équilibre sur le plat-bord, Klaus tendit la main aussi loin qu'il put. En vain.

Portée par ses deux gilets de sauvetage, tante Agrippine flottait haut sur l'eau et, à grands moulinets de bras, tenait en respect les sangsues qui déjà convergeaient vers elle.

Mais le capitaine Sham reprit la barre et l'écoute en main, et il serra la toile pour faire accélérer le bateau.

— Monstre ignoble ! hurlait Klaus, étirant toujours un bras dix fois trop court. Misérable ! Criminel !

— En voilà des façons de s'adresser à un père, dit le capitaine d'une voix tranquille.

Violette tenta de lui arracher la barre des mains.

— Demi-tour ! Immédiatement ! Faites virer le bateau !

— Pas question. Il est temps de rentrer. Vous devriez être au lit depuis longtemps. Faites vos adieux à votre vieille tante, les orphelins. Vous ne la reverrez plus jamais.

Toujours penché par-dessus bord, Klaus criait à plein gosier :

— Tenez bon, tante Agrippine ! On va venir
vous chercher ! Ne vous en faites pas !

Mais le bateau s'éloignait, et déjà on ne distin-
guait plus que les mains blanches de la
naufragée, voletant au-dessus de l'eau sombre.

— Elle a ses chances, souffla Violette à Klaus
comme les lumières du port surgissaient dans
la nuit. Elle a ces deux gilets de sauvetage l'un
sur l'autre, et c'est une bonne nageuse, elle nous
l'a dit.

— C'est vrai, dit Klaus, la voix rouillée. En
plus, elle a vécu au bord de ce lac toute sa vie ;
sûrement elle sait où aller. Sans compter que
cette odeur de banane devrait être pas mal
éventée, depuis le temps.

— Legru, conclut gravement Prunille, ce qui
signifiait sans doute : « Il ne reste plus qu'à
espérer. »

Et les trois orphelins, blottis comme oisillons
au nid, laissèrent le capitaine diriger le bateau.
Espérer, c'est tout ce qu'ils pouvaient faire.

Pauvre tante Agrippine. Leurs sentiments
pour elle étaient très mitigés. Ils n'avaient guère
été heureux durant ces quelques jours sous son
toit. Non pas à cause de ses soupes froides, ni

de ses cadeaux mal inspirés, ni de cette manie de corriger sans cesse vos fautes de grammaire, mais plutôt à cause de ses peurs, qui la rendaient vraiment incapable de prendre plaisir à la vie. Et le pire était que ces phobies faisaient d'elle une bien mauvaise tutrice. Un tuteur, c'est une présence ; tante Agrippine s'était éclipsée sans crier gare. Un tuteur, c'est un soutien dans les coups durs ; tante Agrippine s'était fait traîner de force hors de sa chère grotte Caillebotte. Un tuteur, c'est une protection contre le danger ; tante Agrippine avait capitulé face au terrible capitaine Sham.

Et pourtant les orphelins s'étaient attachés à elle. D'abord, elle leur avait appris des tas de choses, même si la plupart de ces choses n'avaient rien de bien palpitant. Et elle leur avait ouvert sa maison, même si c'était une maison glaciale et incapable de résister à un ouragan musclé. Mais surtout, surtout, les enfants songeaient que, comme eux, tante Agrippine avait connu de durs moments. Aussi, tandis qu'approchaient à vue d'œil les lumières de Port-Damoclès, Violette, Klaus et Prunille continuaient-ils d'espérer de toutes leurs forces :

« Pourvu, pourvu, pourvu que tante Agrippine s'en sorte... »

Le capitaine rangea son bateau le long du quai et, d'une main habile, l'amarra solidement. Puis il se tourna vers les enfants :

— Venez, petits crétins.

Et il ouvrit la marche sur le quai, en direction de la grille hérissée de piques. Non loin de là, Mr Poe attendait, mouchoir à la main, flanqué de la créature qui ne semblait ni homme ni femme. Sous le réverbère orangé, Mr Poe avait l'air soulagé ; la montagne vivante arborait un rictus de triomphe.

— Le ciel soit loué ! s'écria Mr Poe. Vous êtes sains et saufs ! Si vous saviez le sang d'encre que nous nous faisions pour vous, le capitaine et moi ! En arrivant à la maison Amberlu, quand nous avons vu qu'elle avait disparu, nous vous avons vraiment crus perdus !

— Une chance que mon associé ait pu nous dire qu'ils avaient volé un bateau, enchaîna le capitaine. Et encore heureux, je les ai repérés juste à temps : le bateau coulait. Sans moi, ils finissaient tous trois dans la panse des sangsues.

— Il a poussé à l'eau tante Agrippine ! éclata

Violette. Il faut retourner la chercher, tout de suite !

— Ces petits ont la tête à l'envers, dit le capitaine, l'œil luisant. Ils délirent. Moi qui suis leur père, j'estime qu'il est grand temps qu'ils aillent au lit.

— Ce n'est pas notre père ! hurla Klaus. C'est le comte Olaf, doublé d'un assassin ! Vite, Mr Poe, s'il vous plaît ! Alertez la police ! Alertez les secours ! Il faut sauver tante Agrippine !

— Dieux du ciel, dit Mr Poe, toussant dans son mouchoir. En effet, Klaus, tu as la tête à l'envers. Tante Agrippine n'est plus de ce monde, tu te souviens ? Elle s'est jetée par la fenêtre.

— Non ! Non, on le croyait seulement, dit Violette, mais c'était faux ! Son billet d'adieu contenait un message codé. Klaus a déchiffré le message et il disait : « île Saumure ». En fait, il aurait dû dire « grotte Caillebotte », mais c'était plus difficile à coder.

Mr Poe toussota.

— Violette, Violette, ce que tu racontes ne tient pas debout. Quel code ? Quelle saumure ? Quelle caillebotte ?

— Klaus, dit Violette, montre-lui le billet.

— Vous nous montrerez ça demain, intervint
le capitaine d'un ton faussement conciliant. Une
bonne nuit de sommeil, voilà ce qu'il vous faut.
Mon associé va vous conduire chez moi, pendant
que Mr Poe et moi en terminons avec ces forma-
lités d'adoption.

— Mais... voulut protester Klaus.

— Mais rien du tout, coupa le capitaine.
Tu es très perturbé. Troublé, si tu préfères.

— On le sait, ce que *perturbé* veut dire,
grogna Klaus.

— Par pitié, implora Violette, Mr Poe,
écoutez-nous ! C'est une affaire de vie ou de
mort. S'il vous plaît, jetez un coup d'œil à ce
billet.

— *De-main*, dit le capitaine Sham au bord de
l'ébullition. Pour le moment, la fourgonnette de
mon associé vous attend. Au lit !

— Un petit instant, capitaine, intercéda
Mr Poe. Puisque ça contrarie tant les enfants,
je vais jeter un coup d'œil à ce billet. Je l'ai déjà
vu ; ce sera vite fait.

— Merci, dit Klaus, et il plongea la main dans
sa poche.

Mais sa mine s'assombrit et vous devinez

pourquoi. Lorsqu'on a un papier en poche et qu'on se fait tremper comme une soupe, le papier, important ou non, tourne à la bouillie. Klaus tira de sa poche une pauvre chiffonnade de papier mâché, et les enfants dépités contemplèrent les vestiges du précieux billet. On avait peine à reconnaître qu'il s'agissait d'un bout de papier ; quant à y lire un message codé...

— C'était le message de tante Agrippine, dit Klaus, tendant cette pâtée à Mr Poe. Il va falloir nous croire sur parole : tante Agrippine était vivante.

— Et elle l'est encore, à peu près sûrement ! explosa Violette. Je vous en supplie, Mr Poe, envoyez quelqu'un à son secours !

— Bonté divine ! mes pauvres enfants, dit Mr Poe. Vous êtes vraiment tout retournés. Mais ne vous tourmentez plus. J'ai toujours promis de veiller sur vous, et je suis sûr que le capitaine Sham saura vous élever impeccablement. Ses affaires marchent bien, et je le vois mal se jeter par une fenêtre. De plus, il tient beaucoup à vous, c'est l'évidence. Rendez-vous compte, il a embarqué seul dans la nuit, en plein ouragan, pour aller vous secourir.

— Lui, tenir à nous ? dit Klaus, amer. À notre héritage, oui, plutôt !

— Faux, nia le capitaine Sham. Totalement, absolument faux. Votre héritage, je n'en veux pas un sou. Sauf, bien sûr, en remboursement de ce voilier que vous m'avez volé pour le faire couler l'heure d'après.

Mr Poe plissa le front et toussa dans son mouchoir.

— Ah ? dit-il. Surprenante requête. Mais bon, je suppose que tout ça doit pouvoir s'arranger. Et maintenant, les enfants, soyez gentils, allez dormir sous votre nouveau toit pendant que je finis de régler l'affaire avec le capitaine Sham. Avec un peu de chance, demain matin, nous nous verrons au petit déjeuner, avant mon départ.

— Mr Poe ! implora Violette. *S'il vous plaît*, vous ne pourriez pas nous écouter un peu ?

— Mr Poe ! implora Klaus. *S'il vous plaît*, vous ne pourriez pas nous croire un peu ?

Prunille n'implora pas. Elle ne dit rien du tout. Prunille n'avait rien dit depuis un moment déjà et, si ses aînés n'avaient été aussi occupés à raisonner Mr Poe, ils auraient noté qu'elle ne suivait plus la conversation. Prunille regardait droit devant elle et, quand on est haut comme trois pommes, regarder droit devant soi revient à regarder des jambes. La jambe qui captivait tant Prunille était celle du capitaine Sham. Pas sa jambe droite, sans intérêt, mais sa jambe gauche, sa jambe de bois. Les yeux sur cet accessoire sombre et luisant, attaché au genou par une sorte de charnière métallique, Prunille se concentrait intensément.

Sans doute serez-vous surpris d'apprendre que Prunille, à cet instant, ressemblait étonnamment au Grec Alexandre le Grand. Cet Alexandre-là vivait voilà plus de deux mille ans, et il faut préciser que son nom de famille n'était absolument pas Le Grand. « Le Grand », c'était son surnom, à force de conquérir des pays en y envoyant des flopées de soldats et de se proclamer roi. Mais Alexandre le Grand n'est pas célèbre uniquement pour avoir conquis des terres. Il est également connu pour une sombre histoire de nœud : le nœud gordien.

En bref, le nœud gordien était un nœud tarabiscoté, noué par un certain Gordias, roi de Gordion. Un oracle avait prédit que celui qui parviendrait à le dénouer deviendrait maître de l'Asie. Alexandre, qui n'avait pas de temps à perdre – et surtout pas à dénouer un nœud stupide –, se contenta de tirer son épée et de trancher le nœud en deux. C'était tricher, bien sûr, mais Alexandre avait trop de soldats pour qu'on ait envie de discuter avec lui, et bientôt chacun, à Gordion comme ailleurs, dut s'incliner devant Alex le Grand. Depuis, on a tendance à baptiser « nœud gordien » n'importe quel problème ardu et, lorsqu'on le résout d'un coup – même si le coup est un peu brutal –, on dit qu'on a tranché le nœud gordien.

Le problème auquel se heurtaient les enfants Baudelaire méritait bien le nom de « nœud gordien », puisqu'il semblait impossible à résoudre. Ce problème était, bien sûr, que le seul moyen de faire capoter l'odieuse combine du capitaine Sham était de faire comprendre à Mr Poe ce qui se tramait. Hélas ! avec tante Agrippine dans le lac et son message codé en bouillie, Violette et Klaus ne voyaient plus comment convaincre Mr Poe. Prunille, en revanche, avait son idée. Les yeux sur la jambe de bois du capitaine, elle était en train de songer à un moyen radical, quoique un peu primitif, de trancher le nœud gordien.

Tandis que les grands discutaient sans se soucier d'elle, la petite, à quatre pattes, alla se poster le plus près possible de cette jambe de bois. Et tout à coup, sans crier gare, elle fusa en avant et mordit dans le bois aussi fort qu'elle put.

Par chance, ses petites dents de castor avaient tout le tranchant de l'épée d'Alexandre le Grand. Avec un *craaac !* à vous percer les tympans, la jambe de bois du capitaine se fendit en deux par le milieu.

Cinq paires d'yeux se braquèrent sur elle.

Comme vous l'aviez deviné (depuis un bon moment sans doute), la jambe de bois était creuse. Pareille à une coque de noix, elle s'ouvrit pour laisser voir une jambe bien vivante, toute maigre, nue des orteils au genou.

Mais ni les orteils ni le genou ne fascinaient vraiment l'assistance. Non, le point de mire, c'était la cheville. Là, sur la peau moite et laiteuse, éclatait la solution du problème. Car, tandis que les deux coques de bois roulaient chacune de son côté, un œil tatoué sur cette cheville observait fixement la scène.

Chapitre XIII

Mr Poe avait l'air abasourdi.
Violette avait l'air soulagée.
Klaus avait l'air rasséréné
(mot qu'il avait lu dans un article de
magazine et qui lui avait bien plu).

Prunille avait l'air aux anges.

La créature colossale avait
presque l'air de rétrécir.

Quant au comte Olaf – quel
confort de pouvoir enfin le dési-
gner par son nom ! – il commença
par avoir l'air aux abois ; puis,
en un clin d'œil, il se tourna

vers Mr Poe et glapit d'un air extasié :

— Ma jambe ! Ma jambe a repoussé ! C'est époustouflant ! C'est merveilleux ! C'est un miracle scientifique ! L'eau du lac... L'eau du lac Chaudelarmes !

Mr Poe se croisa les bras sur la poitrine.

— Allons donc ! Et vous croyez que ça va marcher ? Non, non, n'en rajoutez pas. Même un enfant pourrait voir que cette jambe de bois était fausse.

— Et un enfant l'a vu ! souffla Violette à Klaus. Trois, je dirais même.

— Bon, elle était fausse, peut-être, reconnut le capitaine en reculant d'un pas. Mais ce tatouage, là, sur la cheville, je ne l'avais jamais vu de ma vie, je le jure.

— Allons donc ! répéta Mr Poe. Et vous croyez que ça va marcher ? Non et non, comte Olaf. Vous avez tenté de camoufler ce tatouage, mais désolé, maintenant, nous savons qui vous êtes.

— Bon, admettons que le tatouage soit à moi, dit le comte, reculant encore. Mais je ne suis pas ce comte Olaf dont vous parlez. Je suis le capitaine Sham. Tenez, j'ai ici ma carte de visite...

— Allons donc ! Et vous croyez que ça va marcher ? Un peu de sérieux, Olaf. N'importe qui peut entrer dans une imprimerie et se faire faire toutes les cartes de visites qui lui chantent.

— Bon, peut-être que je ne suis pas le capitaine Sham. N'empêche, ces enfants sont à moi. Agrippine me les a confiés.

— Allons donc ! dit Mr Poe pour la quatrième et dernière fois. Et vous croyez que ça va marcher ? Même si nous avions toujours le document, Agrippine Amberlu a confié ces enfants au capitaine Sham, pas au comte Olaf. Or vous êtes le comte Olaf, pas le capitaine Sham. Il me revient donc de décider à qui confier ces enfants. Quant à vous, Olaf, c'est aux mains de la justice que je vais vous confier. Vous avez joué votre dernier vilain tour. Après deux autres vilains tours dans le but d'extorquer l'héritage Baudelaire !

— Exact, dit le comte entre ses dents. Mais ceci était ma plus belle combine à ce jour.

D'un coup sec, il fit sauter son bandeau, et l'œil par-dessous était en parfait état, tout comme la jambe sous sa coque de bois. Il darda ses deux petits yeux – luisants, luisants – sur les enfants Baudelaire et poursuivit :

— J'ai horreur de m'envoyer des fleurs, mais... Oh ! et pourquoi mentir à de petits morveux ? Si ! j'adore m'envoyer des fleurs, et obliger cette stupide bonne femme à écrire ce billet était une idée de génie, en plus d'un plaisir rare ! Cette pauvre Agrippine, quelle gourde !

— Gourde ? s'indigna Klaus. Tante Agrippine ? Sûrement pas ! Elle aurait pu être professeur, elle expliquait très bien les choses !

— Professeur ! glapit le comte Olaf. Professeur ! Oh ! mais elle l'est. Et en ce moment même, elle donne des leçons à des tas de petits élèves. Sur les bancs de l'école des poissons !

Mr Poe toussa dans son mouchoir blanc.

— En voilà assez, Olaf ! Cessez vos ignobles propos. Vous ne pouvez plus nier. La police de Port-Damoclès va se faire un plaisir d'arrêter un criminel recherché pour escroquerie, meurtre et mise en danger de la vie d'enfants mineurs.

— Et incendie criminel, glissa le comte Olaf.

— J'ai dit : assez ! éclata Mr Poe avec tant d'énergie que le comte Olaf, les enfants et la montagne vivante sursautèrent. Assez, terminé ! Fini de rôder autour de ces enfants comme

vous le faites depuis des mois, et je vais personnellement veiller à vous remettre aux mains de
la justice. N'espérez plus vous déguiser.
N'espérez plus mentir. En un mot comme en
cent, vous ne pouvez plus rien contre le sort
qui vous attend.

— Vraiment ? dit le comte, et sa bouche se
fendit d'un sourire de requin. Moi, je le vois très
bien, ce que je peux faire.

— Et quoi donc, s'il vous plaît ? demanda
Mr Poe.

Le comte Olaf posa les yeux sur chacun des
enfants tour à tour avec un sourire gourmand,
à croire qu'ils étaient trois chocolats qu'il se
réservait pour l'après-dîner. Puis il adressa un
clin d'œil à l'énorme créature et, prenant tout
son temps, salua aimablement Mr Poe.

— Ce que je peux faire ? Filer.

Et il fila.

La montagne vivante s'élança sur ses talons,
étonnamment agile pour sa masse, et tous deux
foncèrent vers l'entrée de Sham Plaisance.

Mr Poe, cloué sur place, commença à
s'égosiller :

— Voulez-vous bien revenir ! Au nom de la loi,

revenez ! Au nom de l'honneur, revenez ici tout de suite !

— Rattrapons-les ! lança Violette. Vite !

— Courir après un criminel ? Des enfants ? Jamais de la vie, dit Mr Poe. Je ne le permettrai pas !

Et il se remit à hurler :

— Arrêtez, je vous dis ! Au nom de la justice, revenez immédiatement !

— Ne les laissons pas filer ! cria Klaus. Rattrapons-les ! Vite ! Violette ! Prunille !

Mais Mr Poe l'arrêta.

— Non ! Poursuivre des malfrats n'est pas un jeu d'enfant. Reste avec tes sœurs. Je vais les récupérer. Avec moi, ils n'iront pas loin. Eh ! vous, là-bas, arrêtez !

— Mais on ne va pas rester plantés là ! dit Violette. De toute manière, il faut prendre un bateau et aller chercher tante Agrippine. Elle est sûrement encore en vie !

— Vous êtes sous ma responsabilité, répondit Mr Poe d'un ton ferme. Je ne vais pas laisser de jeunes enfants faire de la voile sans adulte à bord.

— Mais nous en avons déjà fait, dit Violette.

Et encore heureux, sinon, à l'heure qu'il est,
nous serions aux mains du comte Olaf !

— Là n'est pas la question, dit Mr Poe,
s'ébranlant enfin en direction des fuyards.
Ce qui compte, c'est de...

Mais les enfants ne surent pas ce qui comptait : avec un *clang* retentissant, la grille de Sham
Plaisance venait de se refermer, claquée au nez
de Mr Poe par la créature ni homme ni femme.

— Voulez-vous bien rouvrir tout de suite !
ordonna Mr Poe, empoignant les barreaux.
Revenez, misérables !

Il secoua la grille. Peine perdue : le cadenas
était mis.

— La clé ! La clé ! il nous faut la clé ! cria
Mr Poe.

Alors, quelque chose tinta dans la nuit.

— La clé ? C'est moi qui l'ai, dit la voix du
comte Olaf, quelque part de l'autre côté de la
grille. C'est *mon* affaire de location de bateaux,
je vous rappelle. Allons, à bientôt, les enfants !
Et ne vous faites pas de souci : nous nous rever-
rons sans tarder !

— Ouvrez ce portail ! tempêtait Mr Poe.
Bien sûr, nul ne vint ouvrir.

Il secoua tant et plus, mais la grille surmontée de piques tint bon. Alors il tourna les talons et se mit en quête d'une cabine téléphonique afin d'appeler le commissariat.

Mais les enfants savaient que c'était peine perdue : le temps que la police arrive sur les lieux, le comte Olaf serait loin. Harassés, découragés, ils s'assirent sur le quai, exactement au même endroit qu'au début de ce récit.

Au premier chapitre, on s'en souvient, les enfants étaient assis sur leurs valises, pleins d'espoir, certains que leur vie allait prendre un tour plus heureux. Et je donnerais cher pour pouvoir écrire, en conclusion à ce récit, que tout s'arrangea enfin. Je donnerais cher pour écrire que le comte Olaf fut capturé dans sa fuite, ou que tante Agrippine apparut sur le quai, ruisselante et frigorifiée, mais sauve. Hélas, ce serait mentir.

Tandis que les trois enfants ruminaient là, assis par terre, le comte Olaf avait déjà traversé la moitié du lac et n'allait pas tarder à sauter dans un train, déguisé en rabbin pour tromper la police. Pire : en toute honnêteté, je dois dire qu'à bord de ce train, déjà, il mijotait sa diablerie suivante, en vue de s'emparer de la fortune Baudelaire.

Quant à tante Agrippine, bien malin qui pourrait dire où elle était et ce qu'elle faisait, à l'heure où les enfants, assis par terre, se rongeaient les sangs pour elle. De son sort, nous ne saurons rien, si ce n'est que, des semaines plus tard – alors que les orphelins se retrouvaient dans un lugubre pensionnat –, des matelots repêchèrent ses deux gilets de sauvetage, qui flottaient en lambeaux sur les eaux glauques du lac. Mais cela ne prouve rien, bien sûr. Strictement rien.

Dans les récits, en général, les méchants finissent vaincus et chacun rentre chez soi, le cœur content, méditant sur la morale de l'histoire. Hélas, pour les enfants Baudelaire, tout allait toujours de travers. Le comte Olaf – le méchant du récit – avait raté son mauvais coup, mais il n'était pas vaincu, loin de là. Si bien qu'on peut difficilement parler d'heureuse fin. Et les trois enfants ne risquaient pas de rentrer chez eux en méditant sur la morale de l'histoire.

D'abord, ils n'avaient plus de chez eux – plus de toit du tout. La maison de tante Agrippine avait fait la culbute dans le lac, et la maison

Baudelaire – leur vraie maison, celle où ils étaient nés – n'était plus qu'un amas de cendres et de décombres où perçaient quelques mauvaises herbes.

Mais même s'ils avaient eu un logis où rentrer, Violette, Klaus et Prunille auraient eu bien du mal à tirer la morale de l'histoire. Pour certains récits, c'est facile. Prenez *Boucle d'Or*, par exemple. La morale tombe sous le sens : « N'entrez jamais chez des inconnus en leur absence. » Ou *Blanche-Neige* : « Ne mangez jamais de pommes. » Ou encore la Première Guerre mondiale : « N'assassinez jamais d'archiduc Ferdinand. » Mais tout en regardant l'aube teinter d'argent le lac Chaudelarmes et le quai reprendre vie avec le petit matin, les trois enfants se demandaient bien quelle morale ils pouvaient tirer de leur bref séjour chez tante Agrippine.

Puis, comme le jour se levait, la lumière se fit aussi dans leurs têtes. L'idée leur vint soudain que, contrairement à tante Agrippine, triste et terriblement seule dans sa maison aux vents coulis, eux, au moins, ils étaient trois. Trois pour se tenir chaud au cœur à travers leurs infortunes. Certes, cela ne suffisait pas à leur assurer un bonheur parfait ni une parfaite sécurité, mais c'était nettement mieux que rien.

— Merci, Klaus, dit Violette soudain. Merci d'avoir déchiffré ce message codé. Et merci, Prunille, d'avoir chipé ces clés qui nous ont permis de prendre le bateau. Sans vous autres, à l'heure qu'il est, qui sait où nous emmènerait le comte Olaf ?

— Merci, Violette, dit Klaus soudain. Merci d'avoir songé à ces pastilles qui nous ont fait gagner du temps. Et merci, Prunille, pour avoir mordu cette jambe de bois juste au bon moment. Sans vous autres, à l'heure qu'il est, notre compte serait bon.

— Piloum, dit Prunille soudain, et ses aînés comprirent : elle remerciait Violette pour avoir bricolé une alarme, et Klaus pour avoir déniché l'île Saumure dans l'atlas.

Ils se blottirent encore un peu plus les uns contre les autres, et leurs visages s'éclairèrent. Ils étaient trois, c'était déjà bien beau.

Je ne jurerais pas que le fait d'être trois suffise à la morale de l'histoire, mais le petit trio s'en contentait fort bien. Être trois, se serrer les coudes au milieu des pires coups durs, c'était comme d'avoir un bon bateau dans la tempête. Et les enfants Baudelaire savaient quelle chance immense ils avaient là.

À mon éditeur attentionné

Bien cher éditeur,

Je vous écris depuis La Falotte-sur-Rabougre, dont le maire a bien voulu m'ouvrir les portes de la bâtisse en forme d'œil et le cabinet (désaffecté) du Dr Orwell, dans le cadre de mon enquête sur le sort des orphelins Baudelaire lors de leur séjour en ces lieux.

Vendredi prochain, en soirée, une jeep noire sera garée sur le parking de l'Observatoire Orion. Brisez la vitre du passager avant. Dans la boîte à gants, sauf succès de mes adversaires, vous devriez trouver : a) un manuscrit intitulé *Les Dents de la scie*, relatant par le menu cet effroyable épisode de la vie des enfants Baudelaire ; b) diverses informations sur l'hypnose ; c) un masque chirurgical ; d) soixante-huit tablettes de chewing-gum à la fraise. J'y ai joint, à toutes fins utiles, les plans de diverses machines (pinceuse, ficeleuse et autres), que Mr Helquist trouvera sans doute précieux pour ses travaux d'illustrateur.

N'oubliez pas, vous êtes mon seul espoir : sans vous, jamais le public n'aurait connaissance des aventures et mésaventures des trois orphelins Baudelaire.

Avec mes sentiments respectueux,

Lemony Snicket

Lemony Snicket

LEMONY SNICKET est né avant vous, il a donc de fortes chances de mourir avant vous. Expert mondial en analyse rhétorique, Mr Snicket a consacré une bonne partie de sa vie à enquêter sur la tragédie des orphelins Baudelaire. Le fruit de ses recherches est publié sous forme d'une série de volumes dont celui-ci est le troisième.

*Rendez-lui visite sur Internet à http://www.harperchildrens.com/lsnicket/
E-mail : lsnicket@harpercollins.com*

BRETT HELQUIST est né à Gonado, Arizona, il a grandi à Orem, Utah, et vit aujourd'hui à New York. Il a étudié les beaux-arts à l'université Brigham Young et, depuis, n'a plus cessé d'illustrer. Ses travaux ont paru dans quantité de publications, dont le magazine *Cricket* et le *New York Times*.

ROSE-MARIE VASSALLO a grandi – pas beaucoup – dans les arbres et dans les livres, souvent les deux à la fois. Descendue des arbres (il faut bien devenir adulte), elle s'est mise à écrire et à traduire des livres, entre autres pour enfants (il faut bien rester enfant). Signe particulier : grimpe encore aux arbres, mais les choisit désormais à branches basses.

Les désastreuses aventures
des Orphelins Baudelaire

suivent leur cours déplorable dès le mois
de janvier 2003 dans le quatrième volume :
Cauchemar à la scierie

Si vous n'avez pas assez pleuré,
sortez vos mouchoirs et lisez les deux
premiers tomes des désastreuses
aventures des orphelins Baudelaire :

Tome 1 – *Tout commence mal…*
Tome 2 – *Le Laboratoire aux serpents*

Cauchemar à la scierie
Extrait du Tome IV

Vous l'avez sans doute remarqué : dès qu'il y a un miroir quelque part, c'est plus fort que nous, il faut que nous nous regardions. Pourtant nous savons à quoi nous ressemblons. Mais peu importe – nous nous regardons. Ne serait-ce que pour voir si nous avons bonne mine.

Dans le couloir où les enfants Baudelaire attendaient de rencontrer enfin leur tuteur, il y avait un miroir, justement. Ils s'y regardèrent tous les trois, et virent qu'ils n'avaient point trop bonne mine. Une mine d'enfants harassés, une mine d'enfants affamés. Violette avait des brisures d'écorce plein les cheveux. Klaus avait les lunettes de travers, à force de se tenir penché pendant des heures du même côté. Et Prunille avait de petits éclats de bois coincés entre ses dents de castor.

Dans le miroir, derrière leur reflet, une toile au mur acheva de leur serrer le cœur : c'était une aquarelle représentant une plage, une plage pareille à celle de Malamer, en ce matin terrible où Mr Poe leur avait annoncé la disparition de leurs parents. Entre ce reflet de plage et le reflet de ce qu'ils étaient devenus, il y avait... il y avait tout ce qui s'était passé depuis, et c'était presque insoutenable.

— Si quelqu'un m'avait dit, ce jour-là, murmura Violette soudain, qu'avant longtemps je serais ouvrière à La Falotte, je l'aurais traité de fou.

N° projet 10087460 (I) 25 BABT 80° Août 2002
Imprimé en Italie par Rotolito Lombarda